你微笑着梦游，我专注地梦你

[葡]费尔南多·佩索阿 著
徐慧 译

You smile while sleepwalking, I focus on dreaming of you

Fernando Antonio Nogueira
De Seabra Pessoa

用文字织就的一个梦，一个汪洋恣肆的精神世界

南方出版社
·海口·

佩索阿

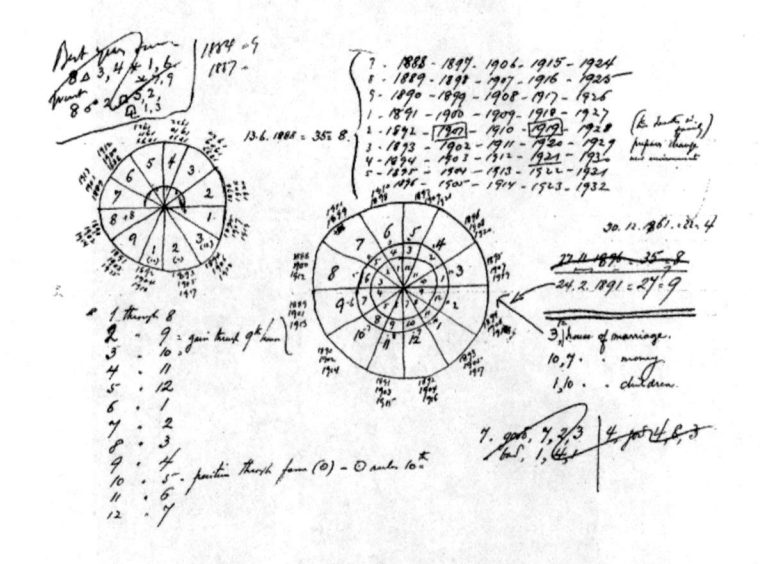

佩索阿手稿
自星体图

1901年在德班的佩索阿

1908年的佩索阿

1928年的佩索阿

佩索阿的身份证

佩索阿（右）与友人在里斯本的 Café Martinho

佩索阿在里斯本的街上

位于里斯本 Café Martinho 门前的佩索阿雕像

目 录
CONTENT

001/ Alberto Caeiro
阿尔贝托·卡埃罗的诗

恋爱中的牧羊人	003
在拥有你之前	004
皓月当空	006
爱是相伴	008
我彻夜难眠	010
恋爱中的牧羊人	012
因为感受到爱	014
在喜悦与哀伤中醒来	015

017/ Ricardo Reis
里卡多·雷耶斯的诗

丽迪娅，坐到我身旁来吧	019
妮拉，我们生活在一起吧	022

阿多尼斯花园的玫瑰花深得我心	023
妮拉，我想让你在宁静的清泉里	024
任何事物在其时光中皆拥有专属时光	026
妮拉，我们在这个地方	029
葡萄酒一般的绛紫色的唇	031
亲爱的，我爱祖国，但更爱玫瑰	033
丽迪娅，我因害怕命运而备受折磨	035
我渴望得到的是你绽放的花朵	037
丽迪娅，享乐吧，但要悠然	038
我织着花环，为你而非我	039
似乎任何亲吻	041
我萧索的额上，已生华发	042
睡觉多么美妙，因为你我可以从梦中苏醒	043
克洛伊，我拒绝你的爱	044
你给予我的爱，我不清楚	045
丽迪娅，我们一无所知	046
我爱花儿，但不找寻	048
彷徨着，就像被爱奥罗斯忘记了	049

在我那无用的眉毛上	050
任何人都不会爱其他任何人	051
我曾经犹如这样一个王子	052
我到了墓地	053
丽迪娅,当你我的秋日	054
丽迪娅,别待在幻想的时空中	055
爱情也好,友谊也罢	056

059/

Alvaro de Campos

阿尔瓦罗·德·坎波斯的诗

听我说,黛西	061
玛格丽特	063
来自英国的金发女孩	066
一首十四行	070
真幸福啊	072
这由来已久的痛	075

没有一丝情感地	079
永别前的日子	082
古人将缪斯召唤	085
所有情书	087
当我想起幸福	090
在一次航海旅程中	091
当一切皆为虚无	092
我不再拥有爱	094

Fernando Pessoa /097

费尔南多·佩索阿的诗

她路过时	099
我要怎么爱你呢	103
因为爱你，所以我爱过你	105
为一名女子的身体而写的诗	114
可怜的收割者在唱歌	115

无需将我想念,请将我爱	117
隐秘之处的日记	119
默默走着,牧羊女	123
睡吧,我守在你身旁	125
当爱情显现时	127
你说话时的声音带着柔情	129
你静默的身体	131
我太太名叫寂寞	132
我凝视着她,并在希望中顿生伤感	134
祈愿的公鸡在唱歌	136
她疾步而来,带着媚人的风采	138
骄阳在你金色秀发上炼金	140
世间所存在的一切	141
不是你的那个你美极了	143
我的心姗姗来迟	147
一群姑娘	149
若有人某天叩响了门	151
拥有玫瑰花	153

爱是根本属性	155
照耀着喜悦的日光	156
我陷入疯狂与眩晕	159
你的眼神哀怨起来	162
这世上没有爱我的人	164
遗憾的是我没有给你回音	166
你那天蓝色的双眸	168
你手揽过我肩	170
每当有恋人路过我身旁	172
月光下，远远的	173
吻，不只是唇舌相交	175
我的爱不许我波澜不惊	176
在我胸口睡去吧	177
她的生命令人惊喜	179
没能从上帝那里得到美貌的人	181
不管你是否拥有爱情	182
爱和美密不可分	183
我爱着，爱情般地爱着	185

187/ 费尔南多·佩索阿情书选

第一封（1920年3月1日） 189
第二封（1920年3月19日 凌晨四点） 191
第三封（1920年3月19日 上午九点） 194
第四封（1920年3月22日） 196
第五封（1920年4月5日） 198
第六封（1920年4月27日） 201
第七封（1920年7月31日） 203
第八封（1920年10月15日） 206
第九封（1920年11月29日） 208
第十封（1929年9月11日） 212
第十一封（亚博酒吧，1929年9月18日） 214
第十二封（1929年9月24日） 216
第十三封（亚博酒吧，1929年9月25日） 218
第十四封（1929年9月26日） 220
第十五封（1929年9月29日） 222

第十六封（1929 年 10 月 9 日） 225
第十七封（1929 年 10 月 9 日） 227

/229

玛利娅·若泽送给安东尼奥的情书

/239

关于费尔南多·佩索阿

费尔南多·佩索阿的一生 242
费尔南多·佩索阿的"异名者"宇宙 247

阿尔贝托·卡埃罗的诗

Alberto Caeiro

恋爱中的牧羊人

在拥有你之前

1914 年 7 月 6 日

在拥有你之前

我深爱着自然,

好比静默的修士爱着基督……

而今的我,深爱着自然

好比静默的修士爱着圣母,

我的赤诚,与从前一样,

且亲密与真挚又多了几分。

我们穿过了原野,

来到了河边,

我眼中的河水更绚烂了;

在你身侧,坐看流云

我看见的云更明晰了……

你从未带我离开自然……

它之于我的意义,你也从未改变……

你缩短了我与自然之间的距离。

你存在,使我眼中的它更美了,尽管它还是那个自然,

你爱着我,所以我深爱着它,而且更爱它了,

你选择了我,我因此有了你,并爱着你,

我用双眸更长久地注视一切。

不悔旧日的自己

只因我还是那个我。

只惋惜过去未曾爱你。

握你的手在掌心

让你我一直这般安宁,在这生活的环抱之中。

Alberto Caeiro

皓月当空

1930 年 7 月 10 日

皓月当空,而今是春季。

我忆起你来,心里没有缺憾。

一缕微风吹过旷野,吹向了我。

我忆起你来,轻轻喊出你的名字。

我已不再是我:我是幸福的。

明日的原野上,会有你与我一道采花

我将与你一道,穿过原野,凝视你把花采下。

我已望见明日的原野上,你将与我一道采花,

然而，倘若你明日真的出现，与我一道采花，
那于我而言，方才会是真实的欢愉，方才是新鲜事一件。

———— Alberto Caeiro ————

爱是相伴

1930 年 7 月 10 日

爱是相伴。

我不知道要怎么一个人游走,

因为我无法再一个人游走了。

某种可以窥探的念想令我步履匆忙

所见比以往少了,但所见之物却是真正愿意见的。

甚至她不在我身边,亦是一直与我同在的某种事物。

我喜欢她至深,却不知要如何爱慕她。

见不到她时,我把她想作一棵高耸的强大的树。

见到了她时,我会颤抖不已,不清楚将有何变数。

当她不在身旁,我会有何感受。

我整个人好似一种放弃自我的力量。

一切真实都对我注目,如同向阳花那张

不知该向左还是向右的面庞。

―――― *Alberto Caeiro* ――――

我彻夜难眠

1930 年 7 月 10 日

我彻夜难眠，一晚上都在欣赏她一个人时的模样。

我一直在观看，以异于从她容颜得见的种种方式。

我在记忆里打造与她有关的观点，当她对我讲话时，

在不同的观点中，她和她的外在截然不同。

爱一个人，是想念一个人！

我差点忘了感受，只因我对她的想念实在太多！

我全然不知我所求，哪怕是从她手中，

可她就是我想要的一切！

我怀着如同生活一般庞大的意乱情迷。

我渴望与她待在一起，却又宁可不相见，

这样就无须面对相见后的分离。

我宁可对她念念不忘，

在她出现的时候,我竟有些胆怯。
我真的不知我所求,甚至不愿知晓我所求。
我唯一想要做的,是想念她。
我无意向任何人索要什么,
更无意向她索要什么,
只求她允许我想她。

恋爱中的牧羊人

1930 年 7 月 10 日

恋爱中的牧羊人

弄丢了牧羊棒,

羊群散落在山坡上,

他在思想中沉沦,甚至忘记将牧笛吹响。

无人来来往往。他将再也找不到牧羊棒。

旁人咒骂他,将羊群赶到一处。

他毕竟不曾被人爱过。

在山坡与假相上,他站起身,得见这一切:

空旷的峡谷和从前一样,满覆绿荫,

高耸的远山无比真实,超过了所有感觉,

真实的一切,和永恒的苍穹、空气,还有草原一同存在。

(那空气,他失去已久,如今再度带着清爽冲入了他的肺。)

他感受到空气的再次扩张,夹杂着些许痛楚,
一丝在胸口流动的自由。

因为感受到爱

1930 年 7 月 23 日

因为感受到爱

那气味引起了我的好奇。

我此前从未在意过花的馥郁。

此刻感受到芳香,我好似得见了某种新东西。

我深知它们向来是芬芳的,甚至当我深知我之存在时。

我通过外在认知的事物。

但是眼下,我从脑海深处传来的呼吸中我认识了它们。

而今,我嗅到了甜美。

而今,我时而会清醒,未见花容却嗅到了花的气息。

―――― Alberto Caeiro ――――

在喜悦与哀伤中醒来

1930 年 7 月 23 日

在喜悦与哀伤中醒来

而今每一天,我都会在喜悦与哀伤中醒来。

过往的日子,我总是毫无觉察地醒来;从前,只是醒来而已。

我喜悦又哀伤,只因不再拥有梦,以及现实中梦寐以求的那个人。

面对这感受,我不知所措。

独处之时,我不知拿自己如何是好。

我渴望与她交谈,好让自己再醒一次。

恋人们啊,爱的时候就会变得反常。

但若是没有旁人,他们又回到原来模样。

里卡多·雷耶斯的诗

Ricardo Reis

Ricardo Reis

丽迪娅，坐到我身旁来吧

1914 年 6 月 12 日

丽迪娅，坐到我身旁来吧，就在这河畔。
让我们安静地望着河水潺潺，观摩
生命是怎么逝去的，而我们的手没有握在一起。
（我们牵手吧）

我们思考吧，犹如孩童长大后，
思考生命的流逝，永不停息，万劫不复，
从未留下过什么，生命不远万里归于大海，趋近命运，
比诸神还远的距离。

我们还是不要牵手了，这样就不会生出厌倦。
不管是不是一种享受，我们都仿若这流水一般在消逝。

要明白，最好的方式是缄默地活着，
无忧无虑。

没有爱与恨，没有张扬的激动心情，
没有怨红了眼的妒忌，
没有惦念，就算有吧，那河水也不会断流，
终究还是要去到大海。

我们心平气和地相爱吧，憧憬着只要你我愿意
就可以接吻，可以拥抱，还可以肌肤相亲，
但我们还是靠紧一些吧
聆听，凝望，川流不息。

我们一起去采花吧，花儿朵朵被你采下，
戴在脖子上，这瞬间因花的芬芳而温暖起来——
这瞬间，我们是单纯却沮丧的异类，心如止水，

不相信所有的一切。

我若比你更早幻化为影，至少还会被你记起，

与我有关的记忆不会刺痛你，不会伤害你，也不会令你动容，

只因你我不曾牵过手，不曾接过吻，

也不曾长大成人，我们依旧是小孩子。

我在把些许零钱给冥河水手前，

会想你，但不会心有戚戚。

我的记忆一贯如此，回忆里温柔的你——

河畔坐着一个黯然神伤的异类，

胸口满是盛放的花。

妮拉,我们生活在一起吧

1914 年 6 月 12 日

妮拉,我们生活在一起吧

只为以后将这一切回忆……

当你我垂垂老矣,

诸神亦无法

让我们的面容亮丽,

让我们的颈纹消失。

我们将围炉而坐,

哀婉地想着

断了的那根丝线,

妮拉,我们将回忆

你我若即若离地度过了一天

却对彼此毫无爱意……

Ricardo Reis

阿多尼斯花园的玫瑰花深得我心

1914 年 7 月 11 日

阿多尼斯花园的玫瑰花深得我心,

丽迪娅,那些容易凋零的玫瑰花恰为我所爱:

一日之中的生长,

还有零落。

它们一直沐浴在阳光中:

在日出后生长,在

阿波罗终止

光辉之旅前零落。

丽迪娅,我们不如一日一人生!

不识不知却自感自觉,

因为我们度过的每个瞬间

之前是暗夜,之后也是暗夜。

Ricardo Reis

妮拉,我想让你在宁静的清泉里

1914 年 7 月 11 日

妮拉,我想让你在宁静的清泉里,将唇清洗

你将不再发烧,生活也不再令你悲痛,

我想让你感受那清泉天然的凉爽与安宁,你要明白

宁芙女神们在水畔,

无忧无虑,自在悠然,

不会听见她们哭泣。

传入耳中的是大自然欣欣然的水声

妮拉,你我的苦痛,不能归咎于自然,

是灵魂带来的,因为要与他人共同生活。

所以啊,年纪轻轻的学徒,你得从

前人所拥有的欢喜当中

学到怎样克制悲痛,不再哀叹自己的生活方式。

你出生时不带一物,表现着你无用的美,美的规律,

在你我紧握愚昧信条的手中渐渐逝去,

它们因你所知的一切

而更加不相信,甚至害怕拥有,

亦不会朝着既定的未来走去

虚无的记忆被留下。

我们用阳光、花朵与欢笑

为生命织个花环吧

用以掩饰你我伴随暗夜而出现的

思想的深渊,

在我们的生命里,思想为死亡意识而折服,

自觉静候

混沌宇宙的重生。

Ricardo Reis

任何事物在其时光中
皆拥有专属时光

1914 年 7 月 30 日

任何事物在其时光中皆拥有专属时光。

冬日的草木开不出花朵,

春日的原野不会有茫茫冰雪。

丽迪娅,我们为白日献出的热情,

不是将至的黑夜所能拥有的。

我们要更平和地去爱

我们那不可预知的生活。

在炉火旁静坐,我们的困顿与劳累无关,

只因此刻就该困顿了,

我们无须强求你我的声音

把某个秘密说出。

我们回想过去,或许那些言语
有时会脱口而出,有时会戛然而止。
(于我们而言,太阳在幽暗里离开
不存在别的什么意义)

让我们慢慢回忆,
让往日讲述的故事
化为今时的故事,
再一次讲给我们听。

在消失的孩提时代里遗失的花啊,
彼时的我们用另一种意识将那些花儿采下,
用另一种眼光
把这世间观察。

丽迪娅，所以让我们在炉火旁坐下，
如同诸神及其家人在永恒之中坐下，
如同人们将衣衫整理，
缝补往昔。

在内心的空洞里，你我顿生迷茫，
在迷茫中，你我唯一可做的是思考
你我从前所是之物，
而外面的世界只剩下夜晚。

妮拉，我们在这个地方

1914 年 8 月 2 日

妮拉，我们在这个地方，
远离城市，离群索居，因为这个地方
无人束缚我们的双脚，
蒙住你我的双眼，
把我们的房门紧锁，
我们得以无拘无束地相信自己。

我的金发女孩啊，我明白
生命不会停止蹂躏你我的躯体，
灵魂也不在我们手里；
我也明白，我们的身体是神所赐，
会备受折磨

直到进入地狱。

然而在这个地方，除了生命
再无更多种种将你我约束，
我们的胳膊，旁人抓不住
我们的路，他们不会走。

我们不曾觉得拘束，
除非你我非得这么想，
所以我们不要生出这般想法，
要信任那彻底的自由，
它是想象的，然而此刻
却让你我得以平等面对诸神。

Ricardo Reis

葡萄酒一般的绛紫色的唇

1915 年 8 月 29 日

葡萄酒一般的绛紫色的唇，
玫瑰衬托着的白皙的额，
一览无余的皎洁的小臂
展现在桌上：

丽迪娅，犹如身在画卷，
我们沉默地停留
并铭刻在
诸神的意识里。

此前的生活，
一如所有人所经历，

飞扬在每一条路上
的黑尘弥散着。

唯有诸神身先士卒,
有能力救赎那些
无欲无求地渡着
万物之河的人们。

Ricardo Reis

亲爱的，我爱祖国，
但更爱玫瑰

1916 年 6 月 1 日

亲爱的，我爱祖国，但更爱玫瑰。荣耀与道德也是我的爱，
但都比不上木兰花。

我只要还没有厌倦生命，便会任由它从我这里经过，
而我还是那个我。

只要天天旭日东升，
只要年年春来叶绿，而入秋之后

它们又成了枯黄模样，
那么，一个没有牵挂的人
又怎么会在乎获胜的是哪方？

至于别的，人们为我的生命带来
的那些事物，
又让我的灵魂多出了什么呢？

没有添加什么，除了
冷漠的欲念，和逃避时
厌倦的心态。

Ricardo Reis

丽迪娅,我因害怕命运
而备受折磨

1917 年 5 月 26 日

丽迪娅,我因害怕命运而备受折磨。每一桩
在我生命里建立新秩序的琐事,
我都惧怕不已,丽迪娅。

所有事情,不管为何,
但凡令我所在的平稳轨迹出现变化,
即便那变化是更好的发展,
我也深恶痛绝,拒绝接受。希望诸神
赐予我千篇一律的日子,如同平阔的原野,
能够一眼望到尽头。

我虽然不曾获得荣耀,

旁人也不曾给过应属于我的爱或尊重，
然而在我看来，生活不外乎就是生活，
为生，而活。

Ricardo Reis

我渴望得到的是
你绽放的花朵

1923 年 10 月 21 日

我渴望得到的是你绽放的花朵,而非你赐予的花,

那是我未曾期盼过的你的东西

你得先将它奉献

才有机会将我拒绝。

绽放吧,为我奉献一朵花!

假如你舍不得,

可斯芬克斯那双

凶险的手却把它摘下,

你将世代游走

做一个可笑的魅影,

探寻你不曾贡献的一切。

丽迪娅,享乐吧,但要悠然

1923 年 11 月 3 日

丽迪娅,享乐吧,但要悠然,

命运对有的人很苛刻,会剥夺你的欢乐。

让我们放弃胜果,偷偷逃出世界花园。

不要惊动睡梦中的厄里倪厄斯,掌管复仇的女神

会让我们失去一次又一次享乐。

无异于逝水,我们无不沉默地经过,

我们还是隐匿起来,享受快乐吧。

丽迪娅,命运总是带着嫉妒之心,

我们最好什么都别说。

我织着花环,为你而非我

1923 年 11 月 17 日

我织着花环,为你而非我
玫瑰花与常春藤的花环,为你戴上。
你也为我织着,
但我看不见我自己的。

我们不妨用青春将美创造,
即便没什么用,至少那美能够
让一个人得到另一个人的爱,
至少看上去是美好的。

其他的要交给命运,它在计算
你我的额头上敲击下的心的跃动,

它在测算,你我人生的长度,直到
冥河水手出现。

Ricardo Reis

似乎任何亲吻

1923 年 11 月 17 日

似乎任何亲吻

皆意味着分离。

我深爱的克洛伊啊,让我们因为爱而相拥相吻吧!

兴许召船的那只手

不会再将你我的肩拍打,

那只船是不会过来的,即便来了也空无一物;

你我二人已紧密相连,

身处喧嚣生活的外面。

Ricardo Reis

我萧索的额上,已生华发

1926 年

我萧索的额上已生华发。

我的青春一去不返,

我的眼神黯然无光,

我的嘴唇不再拥有吻你的权利。

你若是还爱我,就请顾全这份爱,不要再爱下去了:

不要再与我为伍,将我背叛。

Ricardo Reis

睡觉多么美妙,因为你
我可以从梦中苏醒

1927 年 11 月 19 日

睡觉多么美妙,因为你我可以从梦中苏醒,并悉知它的美妙。

假如死去是长眠,那我们会从死亡中复苏;

但若非如此,便无法再醒来。

既然如此,就让我们用自身的全部存在来抗拒,

因为只需要那地狱的看守者是不确定的

暂不承认你我已被裁决的身体。

丽达,我对死亡一无所知,但我不想死,情愿以最卑微的方式活着,

我要为你采花,那是一场渺小的命运奉上的祭品。

Ricardo Reis

克洛伊,我拒绝你的爱

1930 年 11 月 1 日

克洛伊,我拒绝你的爱,爱是一种制约,
它要求我还之以爱。但我渴求自由。

在情感世界里,守望可是一笔巨债。

Ricardo Reis

你给予我的爱，我不清楚

1930 年 11 月 12 日

你给予我的爱，我不清楚是真

或是假。只要是你给予的，便别无所求。

我的青春随时间远去，既然如此，

想找回来便是一种错。

诸神的赐予本不多，而这渺小的一件竟还不是真的。

但如若是神明的赐予，哪怕不是真的，可那恩典

也不会有假。我将双眼闭合，

接受了：足够了。

还要索求什么呢？

Ricardo Reis

丽迪娅，我们一无所知

1932 年 6 月 9 日

丽迪娅，我们一无所知。

不管身在何处，你我皆是异乡人。

丽迪娅，我们一无所知，不管在哪儿居住，

你我皆为外来客。处处是异乡，

听不见我们的这种语言。

让我们将自身化为温馨的港湾，

如履薄冰地躲闪

不被这世界所伤所骗。

在其他人身上，爱会有何向往？

希望爱是隐秘相告的一个秘密，

为你我所拥有,从而
化为了神圣。

Ricardo Reis

我爱花儿，但不找寻

1932 年 6 月 16 日

我爱花儿，但不找寻，假如有花

在我面前盛放，我会自然而然地心生欢愉。

但寻来的欢愉，却让人心生不悦。

生命宛如骄阳，是自然的恩赐，

不要将花儿采摘，采下的花儿

不属于你我，它已经失去生命。

彷徨着,就像被爱奥罗斯忘记了

彷徨着,就像被爱奥罗斯忘记了
黎明的清风温柔地抚摸着大地,
太阳送来晨曦。
丽达,这个时候,让我们
莫要贪恋比这晨曦更多的光芒了,或是
比这存世微茫的清风更有力的风了。

Ricardo Reis

在我那无用的眉毛上

在我那无用的眉毛上

芳华已逝的毛发渐渐变灰。

现在眼神也已变得黯然。

我的唇不再拥有吻的权利。

你若是还爱我,就请顾全这份爱,不要再爱下去了:

不要再与我为伍地骗我了。

Ricardo Reis

任何人都不会爱其他任何人

任何人都不会爱其他任何人,他爱

在其他人那里搜罗的属于自己的种种。

你若不被人爱,也无需气恼。他们凭感觉认为

你是某某,但你却是陌生的人罢了。

你是谁,便做谁,哪怕不曾有过爱。

在自我当中,你不会有危险,只会经历

屈指可数的伤痛而已。

Ricardo Reis

我曾经犹如这样一个王子

我曾经犹如这样一个王子,伴着金发沉沉睡去,

这是从前的事了。今日的我洞见了死亡之存在。

丽迪娅,斟满那大大的酒杯

我们姗姗来迟的爱。

爱也好,酒也罢,我们都该

举起酒杯。满怀畏惧,痛快地喝下。

Ricardo Reis

我到了墓地

1927 年 7 月 6 日

我到了墓地,在此听到你们说,
我曾经爱的人不在这里。
这座坟墓中没有她的欢声笑语和盈盈目光。

可是啊,她的眼与唇都埋葬在这里。
还埋葬着那双我在灵魂深处牵过的手!
我在流泪!像一个人,又像一个躯壳。

Ricardo Reis

丽迪娅,当你我的秋日

丽迪娅,当你我的秋日
裹挟着冬的意味,请让我们留存
一些念想,不为日后的
融融春光,那是旁人的东西,
不为炎炎夏日,那时我们已逝去的生命,
只为保存那些在逝去时停留的种种——
眼下,枝叶将金黄舞动,
让自身与众不同。

丽迪娅，别待在幻想的时空中

丽迪娅，别待在幻想的时空中

塑造将来，或是把自己交付于明日，

切莫等候，今日就该把自己完成。

你是属于你自己的生命。

不要寄希望于命运，你不为将来所拥有。

在你将杯中的酒喝光又斟满的那个间隙

怎知命运会否造出一个深渊？

爱情也好，友谊也罢

爱情也好，友谊也罢，一些人
在乎性爱超过在乎其他，但我绝非这类人。
相同地，我无比欣赏美，
但美不过是美罢了。

飞鸟落下，是为了所见的事物
而非为了枝叶；
河水流逝，是为了找寻汇合的地方，
不管是在何方。

所以，差别被我清除，
重点是我爱或不爱，

爱时，与生俱来的纯洁
在爱中，不会失去方向。

爱不在所爱之处，亦等同于某种方式的爱，
我若是爱上了，就会爱所有的一切。
我的爱并非在所爱之处。而在
我的爱当中。

诸神为我们准备了这种路径，
以及让我们采摘的花朵，
怀揣完美的爱采花，我们可能
会收获想得到的爱。

阿尔瓦罗·德·坎波斯的诗

Alvaro de Campos

Álvaro de Campos

听我说，黛西

1913 年 12 月

听我说，黛西，我死之后，尽管
你也许会满不在乎，但请你务必
对我伦敦的所有朋友说，你因我的死
而痛心疾首。再去一趟

约克——你自称的故乡
（但我不怎么相信）——
将死讯捎给那个曾带给我莫大
欢乐的不幸少年（诚然，
你对此事一无所知）。
纵然是他，我自认为真心
爱过的那个他，也会无动于衷……然后

告诉陌生姑娘塞西莉我死了,

她笃定我终将成为伟大之人……

糟透了,这生活,还有这生活里的所有人!

―――― Álvaro de Campos ――――

玛格丽特

1927 年 10 月 1 日

玛格丽特啊,
我要是把生命交付于你,
你会怎么对待它呢?
——我会将耳坠摘下,
嫁作盲人之妇,
搬到艾斯特拉居住。

可是,玛格丽特啊,
我要是把生命交付于你,
你的母亲会说些什么呢?
——(她是最了解我的)

世间有太多愚蠢的人,

而你就是其中之一。

玛格丽特啊,

我要是把生命交付于你,

为了你,甘愿受死呢?

——你的葬礼,我不会缺席,

可是为了爱而放弃活着?

我认为是天大的错。

玛格丽特啊,

我要是把我的诗歌都给你,

作为我生命的替代品,怎么样?

——亲爱的,可别这么做,

无济于事。

我们家是不会相信的。

（海事工程师阿尔瓦罗·德·坎波斯酩酊大醉之作）

Álvaro de Campos

来自英国的金发女孩

1930 年 6 月 29 日

那个来自英国的金发女孩,既年轻又美貌,
想让我娶她……
可惜的是,我没有……
我原本能够得到幸福,
可我如何知晓我原本能够得到幸福?
原本能够,不曾发生的原本能够,
我作何了解?

今日的我,悔不当初,
然而在懊悔前,设想了我娶她的概率。
我悔不当初,
但懊悔只是抽象。

它令我心生某种不舒畅，

不过也让我拥有梦一场……

是的，那个女孩是我灵魂的一场际遇。

今时今日，懊悔是脱离了我灵魂的一件东西。

神圣的上帝啊！我没有迎娶那个将我彻底遗忘的英国女孩

事情因此繁杂起来！……

不过，她要是还记得我呢？

假如她没有将我忘记（曾经出现过这样的事），也不曾改变最初的心意

（对不起！我深知自己相貌丑陋，可丑陋的男人也不是没有人爱，也能得到女子的爱！）

假如她不曾忘记，便能将我忆起。

其实这是另一场悔恨。

而刺痛某个人，是无法忘记。

然而，终究是空想而已。

想象多么美好！想象她没有将我忘记，怀里是我和她的第四个孩子，

翻看着《每日镜报》上与玛丽公主有关的消息。

至少想象中的结局是美好的。

这是英国乡村生活的家庭画卷，

是金发飞扬下隐秘的景象，

而懊悔则是一片影子⋯⋯

无论如何，如若这便是事实，通常都会惹人妒忌。

她的第四个孩子是其他某个男人的，

她和他在家翻阅《每日镜报》。

原来事情还能这样⋯⋯

没错，事情向来这般抽象，

绝非如此,那不是事实,甚至邪恶……
原来,事情会有所不同。
他们在英国共进早餐,把茶果酱涂抹……
而我则是自作自受,成了英文里的
葡萄牙笨蛋。

哎,我仍然得以看见
你的双眸透着诚挚的蓝,
如孩子般凝望着我……
我在心底清扫你的轮廓,不曾用那些讽刺或尖刻的句子;
你是我独一无二的爱,面对你,我不愿隐藏自己,
也不渴望从生活那里得到什么东西。

一首十四行

1931 年 10 月 12 日

我的心是发了疯的舰队指挥官,
他已结束了他的海洋人生
在家中回忆点滴过往,
不断地徘徊着,徘徊……

以这种运动方式(那让我
在椅子上漂浮的单纯念头)
他从前驶过的海面还在起起伏伏
在令他厌烦的安静的肌肉中。

思乡之情,展露在他的臂膀与双腿。
思乡之情,来自他的脑海。

他的烦躁化为歇斯底里。

可是,看在老天的面子上,
假如我是以心灵为主题,那为何要在这诗里
写什么舰队指挥官,而非情感?

Álvaro de Campos

真幸福啊

1934 年 6 月 16 日

在我的,以及我梦想的
道路对面的房屋里生活,真幸福啊!

那里住着某些我所不知道的、看到却不是真的
看到的人,
因为他们不是我而很幸福。

在高处的阳台上嬉戏的那些小孩
无疑会一直活在
一个个花盆间。

从屋子里飞出的声响,

无疑一直是歌唱。

他们肯定是唱歌。

屋外有聚会时,室内也有聚会,

万事万物会和谐共生:

人与自然融为一体,毕竟城市也是自然的一部分。

没有成为我,真幸福啊!

不过,其他人不会有相同感受吗?

其他是何许人?根本不存在其他什么人。

其他人所感觉到的是一个窗户紧闭的家,

打开窗户

只为小孩在装有栏杆的阳台上嬉戏,

在那些花盆里,生长着我不认识的某种花。

但其他人永远无所察觉。

我们是一众感觉者，

没错，我们这些人，

包括我，正将虚无感觉。

虚无？没错……

某种难以察觉的、什么也不是的痛楚…

Álvaro de Campos

这由来已久的痛

1934 年 6 月 16 日

这由来已久的痛,

我承受了已数百年,

从盛放它的容器里

眼泪满溢而出,狂想满溢而出,

浑浑噩噩却不算可怕的梦满溢而出,

不生成意识的庞大的情感之河满溢而出。

它满了,溢了出来。

我在某种失去中领悟了生活的方式

伴随着这样一种直击我灵魂的不适。

最大的可能莫过于我失常了!

然而我没有失常：始终在失常和正常中间，

这几近，

这可能……

这。

最大的可能莫过于一个囚徒被关在疯人院。

我是囚徒，被关在一座不被称为疯人院的疯人院中。

我意识到了自己的失常，

我是清醒的疯子，

我远离一切却又融于一切：

我伴着失常的梦明明白白地入眠

它们其实并非梦。

我在……

我消失的童年时光，那令人心碎的老屋！

你可曾想过，我竟会这样弃自己于不顾？

你的墙壁怎么了？它如今语无伦次。

曾经吵着要在你乡村屋顶下睡觉的那个人

怎么了？

他如今疯癫无常。

那个我曾经所是的人怎么了？他如今如癫如狂。

今时今日，他是我。

最大的可能莫过于我信仰着什么。

譬如我们家中摆放的

那种从非洲传来的圣像（我从前说起过）。

它丑陋，畸形，

却蕴含了所有令人信服的事物的神性。

倘若我能拥有信仰，一些圣物或其他——

木星、耶和华、人之本性……

凡此种种无不可能,

万事万物不正是我们所认为的是什么便是什么吗?

斑斓的玻璃之心,破碎吧!

Alvaro de Campos

没有一丝情感地

1934 年 8 月 9 日

没有一丝情感地,
淡漠地,出神地,
我看着你的手
将毛衣编织。

我在一座虚幻的山峰,从山顶俯瞰它,
一针针地将毛衣织好……

为什么你的手,还有灵魂会如此雀跃
以这样一种难以理解的方式
是能促成一场热烈的比赛吗?

可同时，

为什么我又要把你批评呢？

找不到任何理由。

我也拥有我亲手所织的毛衣。

那得从我最初的思考说起。

一针针编织出一个不构成整体的整体……

衣服一件，我不清楚它是为了成为外套

还是为了成为不是任何事物的虚无。

灵魂一个，我不清楚它是为了生存，

还是为了感觉。

我专注地看着你织毛衣

而不是在注视你。

织着毛衣、灵魂和哲学……

世间一切宗教……

在我们所在的散漫时光中享受你我所有的一切……

一根针、一团线,默默无言……

Álvaro de Campos

永别前的日子

1934 年 9 月 27 日

永别前的日子

至少没有手提箱要打包

没有货物清单要整理

（已经不记得了，其中某些东西）

此后的时光，直到分别前。

永别前的日子

什么事都不用做。

不用想着要放下什么事

轻松至极！

思绪宁静致远，不再有忧虑浮于眉眼间，

烦恼（令人心碎的烦恼！）已烟消云散
让身体和心灵共赴虚无吧！
不求幸福，是何等幸福的事，
好似偿清了债务。

你这几个月始终生活在
简单的思考里，
一天又一天，直线一般的命运……

没错，轻松极了……
思想宁静致远……
在结束了无数旅程（身体上的和精神上的）后，
可以凝望关好的手提箱仿若凝望虚无，真是一种解脱！

安然入睡吧，灵魂，安心睡去！
安然入睡吧，在你还可以安睡时！

安然入睡吧!

你的时间快没了!安然入睡吧,
要知道,这就是永别前的日子!

Álvaro de Campos

古人将缪斯召唤

1935 年 1 月 3 日

古人将缪斯召唤。
我们将自己召唤。
我无所知晓,缪斯可曾出现
——这显然是召唤的内容与方式所决定的——
不过我明白我们自己无法显现。

我无数次俯身于
自我的井口
轻呼一声"嗨",期待回声传来,
可听到的却始终比见到的少——
那浮于表面的微光
摇曳在虚无的深邃之处。

但不闻回声……

不过是面容上的蛛丝马迹的提醒，它是属于我，因为它绝非来自他人。

不过是一副难以辨认的

耀眼又污浊的图影

在那深邃的暗处……

在那无言的深刻的亦真亦假的微光中……

多么伟大的缪斯！

Álvaro de Campos

所有情书

1935 年 10 月 21 日

所有情书
无不荒诞。
不荒诞的情书
可算不上情书。

我谈情说爱时所写的情书,
无异于别的情书
都很荒诞。

情书,倘若涉及爱情,
便毫无疑问地

荒诞了。

不过归根结底
不曾书写情书的那些人
方才荒诞。

我真想重返那些年：
将情书撰写
不曾考虑过
它的荒诞。

实际上，时至今日
我记忆中的封封情书
无不荒诞。

（任何夸大其词

仿若任何不切实际的感情，

自然也很荒诞）

Álvaro de Campos

当我想起幸福

当我想起幸福,
某些突如其来的幸福的词汇与想法,
身临其境,它们自然而然地摇摆路过……

我写下并阅读……
是什么,促使我书写那个事物?
在什么地方,我寻得过它?
它从何方走向我?它好过我吗……
值此世间,我们至多拥有笔墨而已
用它们,就有人能够恰如其分地书写出我们
在此简单记录的事物吗?……

Álvaro de Campos

在一次航海旅程中

在一次航海旅行中……

公海上的月亮已沉落……

晚间熙攘的轮船静了下来。

旅客们一群群,一个个入眠。

乐队散去,只在一个角落留下了器材。

唯独在可以吸烟的休闲室中,还静默地下着一局象棋。

生活在打开的船舱里轰鸣。

寂寞啊……一个赤裸的灵魂正与宇宙对视!

(啊,葡萄牙偏远小镇出生的我,在孩提时候,

当我洞见万物皆为你时,为什么没死呢?)

Álvaro de Campos

当一切皆为虚无

当一切皆为虚无,我在夜阑人静中将你想起,
在所有的静里,嘈杂亦算一种。
然而我这个寂寞行者,在去上帝那里的路上
驻足停留,徒劳无功地把你想起。

你是往昔岁月里恒久的瞬间,
宛如大自然的静谧。
曾经失去,失去你是我最大的缺憾,
犹如那聒噪的声响。
在夜的静谧里,一切皆枉然,而我最不该拥有的枉然就是你,
犹如夜的静谧所拥有的虚无。

无数我爱的人和我认识的人,

在我眼前死去，或是传来死的讯息。

我见过太多同行的人，

毫不了解他们中的一部分，

又怎会在意哪个人离开了，哪场对话结束了，

抑或是一个（……）受到惊吓的瞠目结舌的人，

今日的世界是夜晚的墓地，

冰冷月色中，生长着或黑或白的墓碑，

我和一切皆是可笑的静，一瞬间我将你想起。

Álvaro de Campos

我不再拥有爱

我不再拥有爱,不再为你悲伤,因为我并未将你失去!
因为你会在我的街头消失,却不会在我生命里消失,
因为我的生命不仅在我这儿,也在你那儿。

缺口很大,好在什么也没丢!
一切死亡的——人、光阴、欲念、
爱恨情仇、喜怒哀乐——
都前往了另一片陆地……
是时候动身前去和它们重聚了。
到时候了,每一位亲人、恋人和朋友
将在最后用抽象、真实、无瑕、
圣洁的方式重逢。

我会在生死之间

再次见到那些没能实现的梦想，

为它们献上前所未有的吻，

接受它们曾报之于我的笑，

重新感受过去的苦痛，我会用欢愉以待……

船长啊，这场漂洋过海的旅程

还需多长时间才会开启？

乐队已在船上演奏起来——

欢快而普通，是属于人类的旋律，就像人生一样——

催促着开船，我想早点上路……

收锚的声响，我濒死的气息，

到底什么时候，才能捕捉到你的呼唤？

机器在振动，我的后背在打颤——

我的心脏最后出现了痉挛——

（钟声的警告，海港的叹息？）

（……）

岸上的人拿着手帕朝我挥舞着……

再见啦，等待再次与你们相见！

在这个欢愉的瞬间静候永恒，

等待（……）

费尔南多·佩索阿的诗

Fernando Pessoa

Fernando Pessoa

她路过时

1902 年 5 月 15 日

一条暗巷
弥散着阴暗
她带笑路过
明媚胜过正午的日光。

夜晚收割了白天
我注视着她的身影
仿佛月亮的影子
刺破深邃的苍穹。

我看到她
满面愁思深重

诱人的唇

不带丝毫喜乐。

我倚窗注视

对愁苦的她心生怜惜

那苍白的脸、双颊和泪眼

都让我为之动容。

她日日路过这条

局促的小巷

面容越发苍白

我越发为之心忧。

忽而一日,不见她路过

第二日亦复如是

她失了影踪,我的心

被划伤了。

忽又一日拂晓时

双目凝滞的我

望见出殡的队伍路过

悲从中来。

她令我悲痛着思念

她为我揭开自身苦痛的面纱：

天堂里增加了一位天使，

人世间消失了一个灵魂。

她的灵车——死神的车

开进了墓园

那里会有一场葬礼。

墓志铭：

归入尘土,一个生活在哀愁中的姑娘

弃世长眠于此

她悲苦一生

笑亦是哭,喜亦是痛。

我倚窗而坐

飞雪扑落的玻璃上

似有她的身影

然而无人路过……无人路过……

我要怎么爱你呢

1902 年 7 月

我要怎么爱你？我有种种方法
爱你，双眸湛蓝的姑娘；
爱你，以我蚀损却热烈的感官，
爱你，让每个日子都燃烧成爱的仪式。

我的爱，就像圣器室中的圣器那般纯净；
就像高尚的贵族那般尊贵；
就像广博的海洋那般壮阔；
就像寂寞百合的香气那般柔和。

爱，终将穿越生存冷酷的界域，
是那么独特，因欢愉而愈发充实；

是那么忠诚，因悲苦而愈发坚固。

如此这般的爱，生活的黯淡
遮不住它的容颜，
在生命最渺小的渴望里，爱很了不起，
而在墓地的寂静里，
了不起变得更了不起。

Fernando Pessoa

因为爱你,所以我爱过你

1913 年 12 月 2 日

因为爱你,所以我爱过你,

我眼中所见不单单是你……

亦是碧海蓝天……

也是暗夜白昼……

因为不再拥有你,

所以我开始了解你……

曾几何时,你出现在我眼前,

闯入我升腾的视线,

并非我的爱人……

而是宇宙万物……

如今的我失去了你,

而你化作你的世界。

你在灵魂中渐行渐远,
以至于我寻你不见。
你存在于我这里
悄然无声,以至于我无从觉察
它是存在的。
我的天性弄丢了你,
我方才发现,你并非我。

你是谁,我不清楚,但我相信
我的观察,感知与焦灼,
还有我的思考……
那时候,你是我的灵魂,
超越了时空。

今日的我将你找寻，

因为找到而哭泣，

即便我已忘记

我曾有多么爱你……

你已不是我的梦……

我为何要为你哭泣？

我全然不知……我不再拥有你，

你是当下这一日

一切真实之中（……）的真实。

仿佛时光逃之夭夭，

你也逃之夭夭，一切皆是如此，

我眼中的存在，竟如此悲哀！

在你所是之中，你是（……）假象，

在静止的时光中，你是（……）蛇蜕，

我迷茫时，无从洞察这一切，

而今日的我觉得清醒，我无法再欺骗自己……

（……）在你手上，不对，

我察觉出，在我的手上

是你我静默的凝望。

无数时间飞似地离开了我们，

随之而去的还有你我的岁月，

你的和我的……

无数次，我们的灵魂

碰撞在一起，

无数次，我们走在

一条抽象的路上，

穿行在你我灵魂之间……

令人心动的静谧时光！

今日的我问自己，

我爱过谁？

我曾亲吻的人，终究还是被我

遗失在一个又一个做完的梦里。

我将她找寻，却终不得见

我的希望不知在何方……

在我们身上，何为真实？

我们做过的梦，是什么样？

我们是什么人？我们的言语、回应与欢笑是哪种声音？

我们究竟弄丢了什么？

我们不是在梦里。你

很真实，我亦如是。

我的双手——这般真诚……

我的举止——这般忠贞……

你我在一起……

而这……一切都已终止！

为何相爱

却不再爱了？

我明白，而今迷惘的心痛

只因往昔的畅快……

怎么了呢？

我们因何梦醒？……

你我还需将爱延续吗？

还要继续爱着对方吗？

我若有这样的想法，

你依然如故……只是爱已逝去，

仿佛没有一丝苦痛。

没有一丝苦痛……徒劳无功的喜悦，

为了往日的爱……

我思及此处，

豁然开朗……

哪里出现了变化？变化又是在哪里出现？

我们到底把什么藏起来了？

我们的感觉可能是一样的，

只是你的感觉不为你知……

存在，是掩饰你我的面纱，

爱，是把它戴起来。

我如今已不再拥有你，

因为我肯定，我爱过……

我们，是笼罩你我的迷雾……

我们在雾里相见，

许多默契

一个个落到地上。

我们被困在

寒意逼人的空茫中……

这重要吗？

我们其实并未失去什么。

既然爱过，

我的心痛，曾因爱你，

而今因不再爱你，

隐藏着亲密……

我们在彼此之外存活，

现将面纱取下，

将上帝景仰，

享受这美好的刹那,

并在(……)缄默地,

理解世界。

为一名女子的身体而写的诗

1914 年 2 月 23 日

这创作是艺术上的合二为一:上帝与作为女子的你
你的存在是(……)深奥的秘语
当他们在心里问询意识:有何所见?
你将身体以精神的形式,关在了他们的眼睛里
任何限界皆是可见之路
连接着不可见的无穷尽的某处。

可怜的收割者在唱歌

1914 年

可怜的收割者在唱歌,大概
是相信自己很幸福。
一边收割,一边唱歌,声音
满是欢乐,以及难以言喻的贫苦。

挥舞着的人偏爱空中那只飞鸟的歌,
声音清澈得好似门槛一座,
那柔软组织中蕴含着很多
曲折,歌声飞扬着。

土地与其他编织的大网,在那歌声中,
聆听她传递出的悲喜,

她唱着歌，就像所拥有的理由

比天生的歌者更多。

唱着歌啊，毫无理由地唱着歌！

在我这里所能感受到的

一直稀少又淡薄。将你挥舞出的

模糊的歌声注入我心里！

啊，请让我在成为我时也成为你！

得到你欢畅的无意识

并对它有意识！天空啊！

土地啊！歌啊！

这么重，可生命却这么单薄！

请来到我的内部！

让我的灵魂化作你没有重量的影子！

你带我走吧，一起走吧！

无需将我想念,请将我爱

1914 年 10 月 1 日

无需将我想念,请将我爱。
不管原因为何,这就够了。
……
……

让我们淡然地,茫然地
完成使命,我们可以什么都不是,
不用戴着虚无的假面
往下冲……
我们一直在羽翼之上……
飞向虚无的归处,
我们可能会得到

在生命和面包里,死亡打算

偷走的事物。

― *Fernando Pessoa* ―

隐秘之处的日记

1916 年 9 月 17 日

你可曾记得我?

许久之前,你我相识。

我是那个伤心的小孩,你起初不在意

但后来又有了兴趣

(对与他有关的事,譬如悲苦与伤痛)

最后爱上了,却未意识到。

你可曾记得?在沙滩上,

那伤心的小孩远离众人,一个人静静地玩着,

偶尔伤心地看一看别人,却不带一丝悔意……

你偷看了我一眼,我注意到了。

你可曾记得?可曾记得你想了解我?

啊,我懂了……

你还没从我默默伤心的面孔上捕捉到

我就是那个始终远离众人，一个人伤心地玩着，

时而伤心地看一看别人却不带一丝

悔意的小孩吗？

我察觉了你的观察，也知道你不懂

那是何种情形的哀愁

竟让我看上去伤心至极。

后悔与思乡、失望与怨念，都不是。

不不不……那种伤心是一个在呱呱坠地前

确凿无疑地获知了上帝的秘密

（世界虚幻，万物虚无）的人所拥有的——

无可救药的伤心

那个人洞察到宇宙万物没有意义也没有价值，

努力无济于事，只剩荒诞可笑，

生命终究只是一场空，

因为觉醒在虚幻后接踵而至

而生活的意义仿佛就是死亡……

你在我脸上洞见的，包括但不仅限于这些，

令你时不时偷看我一眼，

除此之外，还有那令人心悸的震惊，幽暗深邃的冷意，

皆是因为在来到这个世界之前

从上帝那里所知道的秘密，生活

依旧没有透露黎明的蛛丝马迹，

同时这个错综复杂又光芒万丈的宇宙

是仍需完成的必然的命运。

假如这样也无法对我做出界定，那么别的更无可能，

然而这样的确无法对我做出界定——

因为我从上帝那里获悉的秘密可不止这些。

在别的秘密的牵引下，我拥抱了

虚幻，在其中得到了莫大的欢乐，我学会了如何

把握无法把握的，感知无法感知的，

我心中充满了王者的尊严，虽然我没有王国，

但我拥有梦想的世界，存在于阳光普照的无垠中……

没错，就是它在我脸上刻下苍老，甚至比儿时的我还老，

还有我专注的目光，幸福中的一种不安。

你时不时偷看我，却看不懂我，

你又偷看了一眼，又一眼，又……

没有上帝，没有一切，唯有生活

而你，永远也不会懂……

默默走着,牧羊女

1916 年

默默走着,牧羊女,
在坎坷的道路上。
我跟在后面,一个请求宽恕的身姿,
她的羊群,我所怀念……

"在远方,你定能成为女王"
某天某人告诉她的话,随口一说罢了……
她的轮廓在昏暗中渐渐消逝……
唯有那影子还在我脚步前晃动……

愿上帝赐予你的是百合,而不是眼下,
在我此刻所感觉到的那个遥远的地方

你会是个牧羊女,而非什么女王——

然而不曾停下脚步的牧羊女啊,
我将是你归去的路,是深邃的
山谷,位于我的梦与未来之间……

睡吧，我守在你身旁

1924 年

睡吧，我守在你身旁……
我也坠入梦里吧……
没什么值得我开心的事。
我要你，不是为了爱你
而是为了抱着你睡去。

在我的欲念里，
你平静的身体慢慢冷却，
我想要的令我厌倦。
甚至不愿抱着
梦里的你。

睡吧睡吧，好好睡吧，

你微笑着梦游，

我专注地梦你，于是

梦成了现实，

好似不是在做梦。

当爱情显现时

1928 年

当爱情显现时,
不知从何说起。
只是脉脉注视
不知如何言语。

觉察到爱意的人,
却始终开不了口。
说些什么,似是在编谎话……
不说什么,又好似在遗忘……

假如她心领神会,
假如可以听懂他的眼神,

那么只需一个眼神，就能明了
他心里泛开的爱。

然而，一往情深之人
往往默不作声；
告白让他失魂落魄，张口结舌，
心生孤寂！

倘若如此便能让她知道
我没有勇气说出口的话，
那么我不必开口，
也已经将我的心意传递给了她……

你说话时的声音带着柔情

1929 年 1 月 22 日

你说话时的声音带着柔情……
是那般甜美动人，竟令我忘了
你的轻言细语皆是虚伪的情意。
我的心不会再因此而受到伤害。

没错，好似乐章通常都会有
插曲，我的心
不求其他，惟愿听闻
你谱写的旋律……

你爱我？会有人信吗？你说着
声音没有变化，却又没说什么，

你是骗取人心的一首曲子。

我听了,又像没有听,我很幸福。

没有什么假装的幸福,

能维持的就不是假的。

假如我的生活很幸福,

那又何必在意,是什么得到了真实的称颂?

Fernando Pessoa

你静默的身体

1930 年

你静默的身体

这里显露,却又不存在,

疲倦是我的欲念。

我渴望拥有的

是将你拥有的意愿。

我太太名叫寂寞

1930 年 8 月 27 日

我太太名叫寂寞,
我因此得以远离忧愁,
啊,拥有这样一个不真实的家
对我的身体和心灵,真是太好了!

回到那个家里,没有人在我耳边聒噪,
没有令人羞耻的拥抱,
没有人聆听我高谈阔论:
我一边做着这些事,一边写出了我的诗。

上帝啊,虽是命中注定,
但假如天堂还准许存在一些善意,

就让我寂寞——上好的丝质长袍一条，

让我——开朗的爱好者——寂寞地谈着吧。

我凝视着她,并在
希望中顿生伤感

1931 年 9 月 7 日

我凝视着她,并在希望中顿生伤感。
她拥有一头金发,双眸如大海般碧蓝,
她的笑容像孩童似的:
发自内心。

她尚不知如何表达蔑视。
她不过是个长大的女孩(……)
将她视为成熟女子并据为己有,
是一件糟糕透顶的事。

她的眸子是灵魂的湖泊,
倒映着女孩渴望拥有的蓝天。

我凝视着她,我的苦痛化作一名
金发女子,对我开心地笑。

祈愿的公鸡在唱歌

1932 年 6 月 19 日

祈愿的公鸡在唱歌

即将迎来光明的暗夜!

好似你将我抬起

从我沉睡的自我里。

你单纯又犀利的啼鸣

是日出前的黎明。

我为此后的时光欢喜无比!

最后的星星也已暗了下去。

再次感谢上帝,我耳畔传来

你的呼喊,你真切的祈盼的声音。

天际渐渐明亮。

我为什么会停下来,陷入思考呢?

她疾步而来,带着媚人的风采

1932 年 8 月 14 日

她疾步而来,带着媚人的风采,
自然地粲然一笑。
我以想象感知,旋即
写了一首恰到好处的诗。

我没有把她写进诗里,
没有描摹那个成熟的女孩
以何种方式在那个街角转弯,
那个永不变迁的街角……

出现在诗里的是海洋,
主题是海浪和悲伤。

复又读到这首诗,我忆起

那个冷酷的街角——以及海洋。

骄阳在你金色秀发上炼金

1932 年

骄阳在你金色秀发上炼金。

你已离开人间。我还在。

世界还在,黎明还在。

Fernando Pessoa

世间所存在的一切

1933 年 8 月 13 日

世间所存在的一切事物

都拥有历史

除了在我脑海深处

呱呱直叫的青蛙。

世间所存在的所有地方

都拥有位置

除了那个小池，呱呱的声音

恰是来自那里。

在我身体里，一轮出了错的月亮

在记忆片段上冉冉升起，

小池显现而出，被月光

照耀得隐隐绰绰。

谢谢那呱呱直叫的青蛙，它偷偷跟随着

我遗忘的那些

而引起我回忆的事物，

是在何地以何种方式，在何种生活中活着？

虚无——只是安宁在记忆片段之间休憩。

在我古老的庞大的

灵魂的终点，我已不存在了

唯有那青蛙依旧呱呱直叫。

不是你的那个你美极了

1933 年 9 月 2 日

不是你的那个你美极了！
隐姓埋名,为你而活,
为你而眠,你那躯体,
一整个皆是监牢。

你那躯体,你那囚徒,
优美,完整,灵活,
他为你激动,为自己而沉迷,
他在监牢中畅快地度过一生,为了你。

在某本生命之书里,
你书写了完美的一句。

而在赞叹声中

你变得不真实,并被遗忘了。

(……)

介于你和你的美之间,

有美不胜收的景致。

你是灵魂,而灵魂的生命

要靠身体激发。

激发出的美

是你,却又不是你的。

你是"在",而非"存在"。

而你的意识却存在,

因你曼妙的身体

得以体现在感觉的表面。

种种高洁的精神
皆是你的财富，
铭刻在你裸露的峡谷
喷涌的岩浆。

如此这般，你远远望着我时，
却不为我见。我看不到
你那操控行动的灵魂，
只看到背负灵魂的躯壳。

你的身体是上帝所赐，
可以好好利用，体会快乐。
这上帝打造的奇幻之处
满溢着永恒的奥妙。

你那身体并不专属于你。它

行走着，所背负的

比你灵魂所梦见的要多。

莫要独自享乐，因为你那身体

是其他某个人。

―― Fernando Pessoa ――

我的心姗姗来迟

1933 年 9 月 19 日

我的心姗姗来迟。倘若

爱情驾到，我的心永不迟来。

但若是徒然去爱

那爱和不爱又有何分别。

姗姗来迟。在此之前，我的心已成废墟，

也可能已经死了。

我的心，温顺却不被需要，

它看似属于我。倘若爱情穿过

我爱之人用心拉扯出的细缝，临幸于我，

倘若爱情变得不再虚无

博取了自身的本质，那会如何？

这是未曾发生的一切。我与我的心
只是路过,在枉然的梦想和期待之间
留下一片荒芜。
我与我的心彼此相通,
却在途中一同掉进了坑。
如此便是我俩的人生旅程。

一群姑娘

1934 年 8 月 18 日

一群姑娘

唱着歌,走下了那条路。

唱的是古老的歌,

回忆里

惹人哭泣的歌。

她们的歌唱不过是为了歌唱,

因为早已有人唱响……

她们忆起,反复地

把那首歌唱,

一直历久弥新。

在那温暖的喧哗声中

存在永恒之物

——生活和快乐,以及它们的少女气息——

来到没有那群

姑娘们歌声的窗口,

在应许或期待的阴霾里,她们

聆听自己的痛

那动静藏匿在

外部的欢声笑语的歌词中。

没错,歌声飞扬着

不经意地彰显

爱或不爱的

人性莫大的悲哀——

那别无二致的无穷无尽的悲哀……

若有人某天叩响了门

1934 年 9 月 5 日

若有人某天叩响了门,
说自己是我派出的使者,
莫要相信啊,哪怕就是我;
自尊如我,骄傲如我,定然不会
叩响他人的家门,即便是梦幻的天堂之门。

不过,你要是在未曾听见
叩门声时开了门,
见到一个站在门口给自己打气,
抬着手正要叩门的人,
那你需要明白,那才是
我派出的使者,是我本人,他将给你带去

我的骄傲,还有我的绝望。

为了那个尚未叩门的人,请打开门吧!

拥有玫瑰花

1935 年 1 月 7 日

拥有玫瑰花的我不想再拥有它了。
不曾拥有一朵时,我才想将它拥有。
每个人都能摘得的它,
与我而言又有何用?

我不想拥有夜晚,除非黎明
用金色和蓝色将夜晚融化。
不为灵魂所知的种种
我才最渴望得到。

为了什么呢?……假如我懂得,
便不会以诗相告:我尚不知如何作答。

我拥有一个无情又可怜的灵魂……

哎，要用什么才能温暖它呢？……

爱是根本属性

1935年4月5日

爱是根本属性。

性不过是偶然表现。

它们大致相同,

又不尽相同。

人不属于兽类:

是拥有智慧的躯体,

虽然也有不健康的时候。

照耀着喜悦的日光

1935 年 11 月 22 日

照耀着喜悦的日光,
绿野叫人欢畅,
然而我那哀怜的心却期盼着
从远方得到什么?
我期盼的是你,
你的吻。
无论你是不是真的
与我心意相通。
你是重中之重。

此刻的盛夏光芒
照耀着海面。

我望见海浪在闪耀,
一个个,一朵朵。
然而你我之间是遥远的距离
你的吻就更遥远了!
我所得到的真实的一切,
统统在这里。
而你是当中重中之重。

啊,是的,此刻的天空那么耀眼,
那么清朗,
阳光和空气交织在一起,
啊,是的,我感到炙热。

然而在这一切里,你不在,
你的吻也不在。
这是我全部所得,既真实又悲哀,

凡此种种，

你是重中之重。

我陷入疯狂与眩晕

我陷入疯狂与眩晕……

我的吻无法数清,

我将你揽入怀中,

用双臂紧紧拥抱,

我沉醉在拥抱里……

我感到眩晕,就是这样……

你的唇带着花的芬芳

我的爱啊,我的洋娃娃,

你用纤细的手臂

与我相拥,

你给了我你的吻,

我给了你我的吻,

你我的吻数量相同。

这场炽烈的火啊,让人备受折磨!

我向你身边靠近

目光瞬时捕捉到你,

我灵魂中的旋律

跑了调,

永远无法重返过去。

吻我,不计其数地吻我吧,

让我沉沦在你的妖娆中,

被你的拥抱俘虏。

我无从洞悉我的生命,

甚至灵魂也离我而去,一只飞鸟

在你那爱的天空中没了踪影。

我不会放弃，但也没有什么打算，
种种皆不可知，所以我不安。
亲爱的，我在尚未吻你时
打算吻你，我在吻你时
想再吻你，因为这世界最美的吻
也无法让我心满意足。

你的眼神哀怨起来

你的眼神哀怨起来。你没有
听到我的言语。
它们睡着了,做起了梦,黯然失色了。
没有聆听。我却一直在述说。

我述说的是我述说过的事,因为冰冷的
哀怨,过去总是这样……
我料想你不曾在意过我的述说,
因而你常常神思不定。

蓦然,恍惚地
一瞥,你之于我,还是

遥不可及,

你微微一笑。

我接着述说。你

接着听——你听的是

自己所想,

而笑容几乎不再出现,

直到耗尽一下午的闲庭信步,

你那徒劳的笑

也自然地悄然地遗忘了。

Fernando Pessoa

这世上没有爱我的人

这世上没有爱我的人。
不,没错,我不是没人爱;
而对于你所不信任的一切
难以真切地体悟。

我可不信,不是
怀疑的范畴之外,只因我明白
我很爱。这就是我的本性
不信,不改。

这世上没有爱我的人。
为了留下这首诗

我别无选择
只能经历这样的悲伤和痛楚。

没人爱，真可悲！
我那被抛弃的不幸的心
以及别的什么，而这就是我臆想的
这首诗的尾声。

我洞察到了其他问题……

遗憾的是我没有给你回音

1930 年 8 月 26 日

遗憾的是我没有给你回音。
但是,我压根就没做错什么:
我身上,没有符合你要求的
那个你爱的人。

任何个体,皆是许多个人。
于我而言,我是自身想要成为的那一个。
于旁人而言,这大错特错了——
所有人的结论都来自自我感受。

啊,请求你们,将宁静给我吧!
不要对我抱有任何期待,

不要将我与其他人混为一谈。

就连我都不想找到我,

至于其他人,你们觉得能找到我吗?

你那天蓝色的双眸

你那天蓝色的双眸,
让人联想到天堂,
一望见它们,就像望见你的笑,
想念在心里升腾……

启明星在远空
将我的爱唤醒了……
我凝望着你双眸,全神贯注,
直至我那久远的苦痛被抛之脑后……

你那天蓝色的双眸,雀跃得生出花朵
感动了我的痛苦……

幽暗的苦痛盛开在黎明之光中……

你敲开我的心门，只用那双眸的光芒……

你手揽过我肩

你手揽过我肩

吻落在我额头……

我的生命是支离破碎的废墟,

不过灵魂还是纯洁的。

我不明个中缘由,

也不知自己来自何处。

不过是我这个存在亲眼见证了

世界的包罗万象。

你手抚过我发端……

一切皆为虚无,

只有梦知道。

Fernando Pessoa

每当有恋人路过我身旁

每当有恋人路过我身旁,

我心里无怨无恨也无妒意,

我对整个宇宙的厌倦和不悦,

覆于对他们的不满之上。

月光下,远远的

月光下,远远的
一只帆
在河面无声飘浮,
它想告诉我什么?

我无从知晓。我的存在
已将我化作陌生人一个,
我在梦里,却看不到
梦里所看到的事物。

什么样的苦痛是我所承受的?
什么样的爱情是无以言表的?

帆在飘浮,

漫长的夜将永远存在。

吻，不只是唇舌相交

吻，不只是唇舌相交——

更是两颗心在同一时刻的敞开

两个灵魂相互交融

生命火焰的双重燃烧。

Fernando Pessoa

我的爱不许我波澜不惊

我的爱不许我波澜不惊,

安宁地守候在那里。

总会有种念头令我激动不已,

总会有种盲从令我远离自己,

让我得以来到所爱所求之人身旁。

哪怕是在晚上,我在睡眠中的等候,

等候一早还能与她相见相恋。

在我胸口睡去吧

在我胸口睡去吧
梦中梦里……
你的眼神,我读取到
春情萌动。
你好好睡吧,活在幻梦里,
爱在幻梦里。

一切皆为虚无,皆为
虚构的梦。
没有光也没有声响。
好好睡吧,在睡梦里,
心领悟到怎样付之一笑,

遗忘的微笑。
在我胸口睡去吧,
无痛亦无爱……

你的眼神,我读取到
某种熟悉的沮丧,
只有感知生命悲欢虚实之人
才会这样。

她的生命令人惊喜

她的生命令人惊喜。
颀长身姿,暗金秀发,
单是用意念观赏那
日渐成熟的身体,便足以让人沉醉。

她的胸脯高高耸立,
(平卧的时候)
犹如清晨山峰两座,
纵然天光不明。

她裸露着白皙的手臂,
纤纤小手,搁在

凹凸有致的身体两边，

好似穿着衣裳的雕塑。

她如同小舟般好看。

她是即将绽放的花。

上帝啊，我什么时候才能上船？

我饿了，什么时候才能大快朵颐一番？

没能从上帝那里
得到美貌的人

没能从上帝那里得到美貌的人,
听见身体说:你莫要把爱付出!
命运事先把丑陋刻成了印章,
还把你的灵魂典当给了孤独。

不管你是否拥有爱情

不管你是否拥有爱情，你终会渐渐老去，迟暮之时，爱情会离去，但总好过不曾拥有。

爱和美密不可分

爱和美密不可分，
自然使种种事物各安其位，
让爱成为美的终极命运，
让美作为爱的基础底色。

让灵魂收获公平的知己，
付出爱，但思想不能与身体分离，
所以男人与女人的结合
是在将美的真谛追寻。

我是可以爱你的，但那会很讽刺，
讽刺爱情，还有我的丑陋，

因而我会为你的美而歌唱，却不会对你的身体有何企望。

感谢上帝，我对自己了如指掌，

不会如奴仆想得到帝王的衣袍那般，

纵然得到，也不会是合身的。

Fernando Pessoa

我爱着，爱情般地爱着

我爱着，爱情般地爱着。
关于爱你的理由，不知有没有其他
比爱你这个理由更胜一筹。
当我告诉你"我爱你"，
除了这三个字，你希望我再说点什么？
不要到我心里寻求回答……

当我告诉你"我爱你"，我很痛苦
你回应的是我的话，而非我的爱。
相爱的人不用说话：
相爱就好，而说话只是感受爱的方式。
我若认为你爱我，饶是你始终沉默，

我也可以听见你的爱语。

你若是说着意味深远的话,

便会将我遗忘;即便你满口

都是我,你也会遗忘我对你的爱。

哎,在你以此种方式与我交谈之前,

别问询我任何,就算我是失聪者,

也能用心听到你的诉说。

费尔南多·佩索阿情书选

Love Letters

第一封

1920年3月1日

亲爱的奥菲莉娅：

　　你不需要以此长篇大论来遮掩你昭然若揭的鄙薄，或者至少是发自内心的漠然，也不需要书写各式"理由"，它们不仅缺乏诚意，而且毫无说服力。实际上，你只需通知我便好，那不会改变我的理解方式，却会令我更心痛。

　　那个和你谈情说爱的年轻人比我更令你心动，你喜欢他，这很正常。若真如此，我又怎么会认为是你不好呢？奥菲莉娅，你偏爱于谁是你自己的事，我认为你没有独爱我一人的义务，也没有必要对我虚情假意，除非你想这么做。

　　真正爱着的人是不会付诸书信的，那些字句看上去犹如律师笔下的诉状。爱，从不苛求世事，也不会将另一半置于被告席上严加"审讯"。

对我实话实说,有何不可?看来你铁了心要伤害一个不曾伤害过你的人,他从未令你受伤,也从未令其他人受伤;他的日子寂寞又哀伤,他因此而疲惫又苦痛;他无须旁人为自己的生活添枝增叶,诸如伪善的希望与虚无的爱,在他眼中都无用、无意义,只意味着自己被戏弄和嘲笑。

一切都很可笑,对此我从不否认,而当中最可笑的就是我了,连我自己也这么认为,假如我并非这般地爱着你,假如我能抽空想想那些能够让我开心,而不是令我心痛的事……虽然我是爱你的,然而我高攀不上你的爱,而且我心知肚明,只凭爱你这个理由,远不足以得到你的爱。总之……

这份"文书"便是我做出的答复,我的签名是真实有效的,公证员埃乌热尼奥·席尔瓦可以证明。

费尔南多·佩索阿

第二封

1920 年 3 月 19 日 凌晨四点

我的小爱人,亲爱的宝贝:

  此刻大约凌晨四点,我虽然浑身作痛,亟待休息,却终究还是放弃了睡上一觉的打算。我已连续三晚辗转失眠,而今夜无疑是我这辈子所遭遇的最可怖的一夜。然而亲爱的,你很幸福,你想象不到我有多煎熬。除了喉咙痛之外,我每隔两分钟就得愚笨地咳些痰出来,完全没办法睡觉。尽管没有发烧,可我脑子迷糊得很,我怕是要歇斯底里了,想大声叫嚷,鬼哭狼嚎,胡言乱语。究其原因,不只是生病让我难受,还在于我昨日烦躁了一整天,因为我的家人没法按时过来。除此之外,七点半的时候,我的堂兄来了一趟,带来了不少坏消息,不过在信里就不多说了。亲爱的,值得庆幸的是,这些烦事都与你无关。

说起来,我这场病来得真不凑巧,正逢我有很多要事需处理,而且这些事都无法托于旁人。

我亲爱的宝贝啊,你可知这些日子以来,尤其是在这两日,我的精神世界有多局促不安吗?你无法想象我有多想你,时时刻刻都在想你。一日不见,我便打不起精神,亲爱的,快三天了吧,你没出现在我眼前,我真想立刻与你相见!

亲爱的,跟我说说吧:你写的第二封信——昨日奥索里奥替你送过来的——为何透着那么深的悲哀与颓唐?我知道你或许也很想我,可你表现得如此神经质,哀伤至极,忧郁至极,我读着你的信,感受到你心里的苦涩,所以我也开心不起来。亲爱的,除了无法与我待在一起,你是不是还遇到了别的什么事?有什么更坏的事情发生吗?你为何会以如此绝望的口吻谈论我之于你的爱?你似乎不太相信这份爱,可你没有理由不相信才对。

我简直寂寞得很——说起来,这座屋子里的人丝毫没有亏待我，事事毕恭毕敬，白天会送来汤和牛奶，还有药物，然而陪伴这种事却终究是做不到的。现在已经是晚上了，我觉得自己就像是在沙漠里一样口干舌燥，却无人为我端茶送水，真的太寂寞了，寂寞得令人发狂，即便想要沉沉睡去，床边也不会有任何人守护。

我躺在床上，身上一阵阵发冷，无法得到真正的休息。我不知道这封信会何时送出，或者再写上几句有的没的。

哎，我亲爱的宝贝，小爱人，小布娃娃，真希望你此刻就在我身边！

给你无以计数的吻！

你永远的
费尔南多

第三封

1920 年 3 月 19 日 上午九点

我亲密的小爱人：

　　上封信写完之后，我就像吃了迷魂药一般。我躺回床上，本不指望能睡着，却不承想一睡就是三四个小时——时间不算长，不过对我而言很不寻常，你大概难以想象。我觉得舒服多了，虽然喉咙还是火辣辣地痛，可全身上下总的说来已经好了不少，这意味着我快好了。

　　假如恢复得快些，我大概今日就能到办公室去一趟，这样一来就可以亲手为你送上这封信了。

　　我想我最好还是去吧，顺便处理些要务，尽管可以委托他人，但我在这儿待着纯属无所事事。

期待再次见到你,我亲爱的天使小宝贝。想念你,想吻你,吻你的每一寸肌肤!

你永远的
费尔南多

第四封

1920 年 3 月 22 日

亲爱的宝贝:

我没有足够的时间用来写信,所以顽皮的宝贝啊,可能明天我再怎么解释都无济于事,在你面前,在我们从鲁阿·多·阿森勒漫步到你姐姐家的那少得可怜的时间里。

我可不希望你惴惴不安,我希望你开开心心,如你天生的性情,你会答应我绝不为烦恼所困吗?或者,尽量不烦恼?我敢肯定,你找不到任何理由烦恼。

听我说,亲爱的……关于你还愿的礼物,我有一些不切实际的请求——基于我运气很差——可如今好像有了些眉目,希望克罗索先生能够荣获他参与角逐的一项大奖——那可是一千英镑。要是梦想成真的话,那么它会让你我变得多么不同啊！今天的英语报说他已经得到了一英镑（只比赛了一场，他似乎不太聪明），这说明什么事都有可能发生。在大约两万名选手里，他目前是第十二名。说不准，哪天他就登上了榜首。想想看，要是这事儿成了真，亲爱的，假如拿了大奖（那可是一千英镑，如果只是三五百也算不上什么）！你想象得到吗？

我刚回来，之前去埃什特雷拉考察了一套位于四楼的公寓，价格是七万里尔斯。（事实上，因为四楼没人，我看了下三楼，不过格局一样。）我已经想好要租下它了。它棒极了！空间很大，足以住下我的妈妈、弟弟、妹妹、姨妈，以及女仆，当然还有我。（不过这件事还得当面跟你讲讲，明天见面再说。）

就此搁笔了，亲爱的。不要把克罗索先生给忘了！对于你我而言，他可不是普通朋友，能帮我们很多忙呢！

无数吨大大小小形态各异的吻。

你永远的
费尔南多

第五封

1920 年 4 月 5 日

亲爱的调皮宝贝:

我现在一个人在家,这个文化人在往墙上挂着纸(他好像还能把纸挂到天花板上,或者贴到地板上!),除此之外无事可做。就像我之前承诺过的那样,我一定会写信给我的宝贝,只为对她说她是个坏女孩,唯一例外的是,她在"伪装的艺术"方面可是专家。

需要说明一下,虽然我写了信给你,可我不想你。我在想,我很怀念从前捕鸽子的时光,不过那显然和你没什么……

我们今天的交谈让人心情大好,你认为呢?你很快乐,我很高兴,拥有美好心情的一天。(我朋友克罗索就不太快乐了,好在他身体无恙——价值一英镑的健康,至少可以让他不得感冒。)

你大概会好奇我为什么写出了这么奇怪的字体,说来原因有二。首先,这张纸(我现在唯一拥有的纸)光滑过了头,以至于笔会在纸上胡乱飞舞;其次,我在我的公寓里看到了一个雄伟的海港,一瓶被我打开并喝掉了一半的酒;第三,没有第三,只有两个原因。

亲爱的,我们何时何地见面——就我们两个人?因为在这段漫长的时光里,我没能被你亲吻,所以我的嘴唇有点……在我腿上坐着的小宝贝!用爱叮咬我的小宝贝!小宝……(小宝贝真坏,受不了)……我称你为"诱人的蜜肉",你会始终如此,就是和我离得太远。

来吧,宝贝,到尼宁好这里来吧!投入他的怀抱,把你的唇放在他的唇上……来吧……我很寂寞,寂寞极了,想被你吻……

我真心希望你是真的想我,至少我能从中得到一丝慰藉。不过,你或许不怎么想我,可能更想那个正在追你的男人,可别再提什么 D.A.F 还是 C.D.C 的图书管理员了！真调皮，调皮，调皮……！

你得挨打了，使劲儿打你屁股。

再见了——为了让我的精神松弛下来，我得把脑袋放进水桶里泡一泡。这是伟大之人才会干的事儿，至少他们每个人都拥有——一种精神和一个脑袋，以及一个在水桶里的脑袋。

吻你，唯一的吻，直到世界末日。

你永远的

费尔南多

（尼宁好）

第六封

1920 年 4 月 27 日

亲爱的小宝贝：

今日出现在你姐家窗口前的你真惹人爱！感谢上帝，你很开心，在看到我（阿尔瓦罗·德·坎波斯）的时候表现出了幸福。

我最近觉得很难过，也很疲惫——我的难过不单单源于无法与你相见，更源于有人在阻止我们交往。我很忧虑，他们——不会埋怨你，也不会直言反对，但会潜移默化地影响你的心绪，并在背地里冷漠地制造困难，以至于你最后会离我而去。对于我来说，你已经变得不同了，不再是那个办公室女孩。……你可能没有察觉到，但我发现了，至少我觉得自己发现了。上帝会明白，我真希望自己的想法是错的……

亲爱的，听我说：于我而言，以后的日子很迷茫。我想说的是，我无法预料未来会发生什么，你我会变成什么样，因为你家人对你的影响越来越大，以至于我们在各种问题上都难以达成一致，而那个办公室女孩则要柔和得多，乖巧得多，甜蜜得多。

不管怎么样……

我明天会在罗西奥火车站上车，到达时间和今天一样，你会出现在窗口前吗？

你永远的

费尔南多

第七封

1920 年 7 月 31 日

亲爱的朱鹭：

实在抱歉，这纸很糟糕，只是我包里没有别的纸了，而阿卡达咖啡馆附近连一家文具店也没有。你不会在意的，对不对？

你的来信我刚刚收到，还有那张好看的明信片。

一个有趣的巧合，对吧？我和我妹妹现在正在商业区，你昨天的这个时候也在商业区吧！无趣的是你已经没影儿了，即便我一直在朝你挥手。我刚刚去了大道皇宫酒店，我妹妹要去购物，以及散步：那个比利时男人的母亲与姐姐也在那儿。我旋即回来寻你，满心希望你等着我，这样就能和你说说话，然而事与愿违，你急匆匆地去了你姐家！

更令人心烦的是，我走出酒店时看见你姐家那扇犹如剧院包厢一般（摆放着特大号的椅子）的窗户正咧着嘴瞅着我在它脚下奔跑。这种想法让我无法停下脚步，尽管那里好像一个人都没有。那天的我下定决心要做回小丑（与现实中的我的确性格迥异），主动给马戏团干活。我此刻只想给你和你的家人表演一出喜剧！

你的窗户要是没办法装下一百四十八个人，就不该存在。我知道你不愿意等我，也不想跟我闲聊，但至少你可能会不失礼节地——毕竟你不会一个人待在窗口前——回避。

我为何要跟你做这番解释呢？倘若你不能听从你的心（假设它有生命并确实存在）或直觉的本能的教诲，那么我也没办法成为你更优秀的导师。

你说嫁给我是你最大的心愿，可你忘了补充：我还得把你的姐姐、姐夫、外甥，以及你姐的顾客娶进门，天知道她的顾客有多少!

你永远的

费尔南多

我在写这封信的时候忽略了你的习惯:把我的信公之于众。我发誓,我要是没忘的话,一定会把信写得委婉些。可惜为时已晚,但无所谓了,什么都无所谓。

费

第八封

1920 年 10 月 15 日

小宝贝：

　　你有数不清的充分的理由生我的气并冲我发怒。然而，我不该受到责备。是上天要让我的脑子坏掉——即便不具备决定性，至少也需要好好治疗，而我尚不清楚能不能获得治疗。

　　我打算（不需要众所周知的"5·11 法令"帮忙）下月去问诊，期望通过治疗，能够阻止那些黑暗的浪往我心里坠落。我无从知晓这一切的结局——我是说，我想象不到它最终的样子。

　　不用等我了，我回来见你时多半是清晨，你前往波科·诺瓦办公室的时候。

　　没什么好担心的。

到底怎么了？你定会问我。我现在是阿尔瓦罗·德·坎波斯！

你永远的

费尔南多

第九封

1920 年 11 月 29 日

亲爱的奥菲莉娅：

感谢你给我回了信。它让我难过，又让我欣慰。说难过，在于那些事难免会让人难受；说欣慰，在于那是唯一的选择——再也找不到相爱的理由，你我不必勉强维持，我们谁都不愿这样下去。在我这里，至少我们的友情不会变，我对你的尊重也是深厚的。奥菲莉娅，你是可以接受的，对吧？

在这件事上，错的不是你我，而是命运，要是它能如同人类一般认错担责的话。

随着时光的流逝，我们终将迎来老去的那一天，也终究躲不过沧海桑田的那一日。大部分人都是愚蠢的，他们不曾洞悉这件事，自以为爱还存在，但其实只是适应了爱的感觉。

若非如此，那这世上便不会有真正的幸福者。可是，超凡之人不会沉醉于这类不切实际的可能性，毕竟他们不相信爱能永恒存在，同时也不欺骗自我，所以在察觉到爱已消失时，他们会在爱中析出尊重或感激作为某种形式的延续。

这的确是令人心碎的事，不过苦痛迟早会如云烟散去的。当至高无上的生命即将结束，那它的组成部分，爱也好，痛也罢，凡此种种不都会随之而去吗？

你心中所想于我而言很不公平，不过我表示理解和原谅；你奋笔疾书时肯定一肚子怨气，大概心碎了一地。大部分人，不管是男是女，在面对这种事情时所说的话都会更偏执、更犀利。这样看来，奥菲莉娅，你的性格还是很好的，你没有在愤怒中掺杂恶意。你嫁为人妇之后，要是过得不如你想象的美满，那问题绝对不是出在你身上。

说到我……

爱已经走远了，不过我对你的感情却没有变。你要相信，我会永远记得你，记得你俊俏可人的面庞、天真烂漫的言行，你的温柔与认真，还有你美妙的天性。兴许是我搞错了，上述这些属于你的品质可能只是我的错觉，不过我相信事情不是这样，就算是错觉，我对你的描述也毫不夸张。

你要我把东西还给你，我不清楚你指的是书信还是别的？我其实不愿归还，我想把那些招人爱的信件好好珍藏，就算往日情怀如一切过往那般离我而去。我不想让这段记忆逝去，毕竟这段经历已镌刻在我人生里，而在我的人生里，逝去的光阴总伴随着绝望与悲痛。

我向你提出请求，请你往后不要表现得像个小心眼的、庸俗的人，不要在擦肩而过时对我视若无睹，不要对我们的事一直耿耿于怀。你和我应该好似这般：从小就认识，无话不谈，相互喜欢；长大后各奔前程，各怀所爱，但在心底仍不忘那份最初的、久远的、无疾而终的爱。

奥菲莉娅，我这里讲的"各奔前程"和"各怀所爱"是给你的，而不是给我的。我的人生得遵循其他法则，真实存在的法则，而你并不知晓。你所不知道的还有，我导师们正慢慢控制着我的命运，而他们不纵容我，也不会饶恕我。

你不用深究此事，只需用温和的情谊将我封存在记忆里，这就够了，我也会这么做，永远不会忘记你。

费尔南多

第十封

1929 年 9 月 11 日

亲爱的奥菲莉娅：

我在你的信里感知到了你的心，它令我动容，虽然我不明白你为何要为一个混蛋的相片对我说谢谢，纵然那个混蛋和我是双胞胎，尽管他不存在。你真的在记忆里存放了一个酒鬼的身影吗？

我的流放地——我自己——接收了你的信，仿佛是从故乡寄来的欢愉，所以亲爱的女孩啊，该说谢谢的人是我。

我想借此机会说声抱歉，因为三件事，也可说是一件，且错不在我。曾有三次，你我偶遇，我没有打招呼，原因在于我无法确认看到的是你，准确地说，我意识到是你的时候为时已晚。最初那次已经过去很久了，发生在鲁阿·多·欧鲁大道的晚上，你身边有位年轻男性，我想可能是你男友乃至未婚夫，当然，我不清楚他是不是有这样的特权。后两次发生在近期，而且都是在前往埃什特雷拉的有轨电车上。其中一次，我用余光发现你也在，而那个戴眼镜的讨厌的家伙差点让我错过观看那一切。

另有一事……没了，都没了，甜美的唇……

费尔南多

第十一封

亚博酒吧，1929 年 9 月 18 日

不超过三十行的一份申请书

费尔南多·佩索阿，单身人士，年龄合法，居住地不违上帝之意愿，只用于为身体提供庇护，与蚊虫、苍蝇、蜘蛛等可增进家庭气氛及睡眠的各种事物为伴，现已被告知——虽然只有一通电话——或将得到如人类一般的对待（十行），从确定之日起生效；且构成这一人道待遇的是一份承诺，而非一个亲吻，这意味着起始日将被延迟至，他，费尔南多·佩索阿，得以证明其：1. 年满八个月；2. 相貌堂堂；3. 存在；4. 受到货物分配（二十行）实体认可；5. 此间不会自我了断。同时，他理应在此申请——为保证个体能够对货物分配一事负责——证书，以证明其：1. 未满八个月；2. 样貌丑陋；3. 不

存在；4. 不被货物分配实体认可（三十行）；5. 已自寻短见。

已经三十行了。

此处应有某人批示"如果顺利的话，该请求有希望被考虑"，然而压根就没有希望。

费尔南多

第十二封

1929 年 9 月 24 日

那么请问,我的小黄蜂(其实不属于我,虽然你的确是小黄蜂一只),你希望一个只能算还活着的人说些什么呢?他的精神已经在鲁阿·多·欧鲁大道上倒下了,他的头脑——和其他所有东西——在向鲁阿·德·圣尼古拉大道转弯时遭遇了货车的冲撞。

我的(属于我吗?)小黄蜂是真心爱我吗?在上了年纪的人看来,为何有些五味杂陈?你在信里说难以忍受你的姑妈们,五十几岁也好,年过八十也罢,还说她们其实不是亲姑妈,然而那个时候,你何以寄希望于忍受一个这般年纪的与你非亲非故的人?是因为那个职业,我所知道的是,只能由女性从事?当然,姑妈还得是两个或更多女性。至此,我只好做叔叔了,我侄女的叔叔,可笑的是,我真的被她称作"凡南多叔叔",一是因为我刚说了我做她的叔叔;二是我其实名为(忘了吗?)费尔南多;三是她发不出字母"R"的音。

你说不愿见我,又说很难做到不见我,所以你选择让我打电话给你,毕竟通话不用相见;然后让我写信给你,只因书信意味着一段距离。我们已经通了电话,小黄蜂不属于我;我此刻就在写信,准确地说已经写好,因为我打算就此搁笔。

我得出趟远门,这封信会被放进那个黑色手提包——你听到了?

我要到印度与蓬巴尔去,怪异的搭配,是吧?当然,这不过是远行的第一步。

你这个看似黄蜂的小黄蜂,还记得这里吗?

费尔南多

第十三封

亚博酒吧，1929年9月25日

亲爱的奥菲莉娅·格罗什小姐：

费尔南多·佩索阿先生近来情况不太好，在悲伤中难以自拔，遂请我这个关系特殊的密友代为写信给你——以他目前的精神状态来看，他无法与任何人或物建立联系，哪怕只是一粒裂开的豌豆（这是一个关于驯服的著名案例）。因此请你避免下列情况的发生：

1. 减肥；2. 节食；3. 失眠；4. 发烧；5. 认为别人正在谈论自己。

身为那个"废物"的密友，我（不情愿地）接受了替他传话的请求，并站在个人角度建议你：对于他在你精神世界中所形成的种种可能的印象，务必统统收回；谈论他会让那张纯洁无瑕的白纸沾染上污渍，所以把它丢进厕所好了，因为这样的事情绝不会落到那个伪善之人头上。世间倘若尚存公正，那倒是很适合他生存。

你恭敬的

海军工程师阿尔瓦罗·德·坎波斯

第十四封

1929 年 9 月 26 日

亲爱的小奥菲莉娅：

我不清楚你到底喜不喜欢我，所以我决定写封信。

你之前说，你明天会对我避而不见，除非我在五点十五至五点半期间去有轨电车站（它并非那个车站）等你。

不过，工程师阿尔瓦罗·德·坎波斯明天会陪我很久，我不知道能不能将他回避——不管怎么说那是件开心事，在坐车前往珍那拉斯·维尔德斯的时候。

作为我的密友，那位工程师想跟你谈一谈，并不愿向我透露丝毫，不过我期待且相信，在与你相见时，他会视情况把相关一切和盘托出，对我也好，对你也罢，抑或我们俩。

在此之前，我会选择缄默、尊重，乃至期许。

截至明日，蜜一般的唇。

费尔南多

第十五封

1929 年 9 月 29 日

亲爱的小奥菲莉娅：

为了不让你抱怨我不给你写信，我现在就动笔，实际上，之前我的确没有写。如我所说，它已经有了一行，当然，它应该不会有太多行。我生病了，主要原因是昨天遇到了让人烦躁不安的事。你要是不相信我在生病，一定会表现得很明显，不过别对我说出来。生病本就是件糟糕的事，且不论你是不是有所怀疑，但我或许可以对我的身体情况做出解释，又或许不得不向每一个人解释每一件事。

我之前说我会前往卡斯凯什（我指的是卡斯凯什、辛特拉、卡希亚什等一些地方，出了里斯本，但又不算远），此言非虚，至少真有这个计划。我的年纪也差不多了，已经进入能够充分拥抱自身智慧和才华的阶段，个人力量也已达到巅峰。所以在我看来，是时候好好经营文学事业了，该完成的好好完成，该编审的认真编审，然后一边构想一边创作。为此，我需要安静的环境、平和的心境，甚至相对孤独的处境。可惜我无法完全脱离办公室（不言而喻：这是我唯一的经济来源），所以我一周会用两天时间（周三与周六）办公，其余五天则做自己的事。如你所见，这就是与卡斯凯什有关的故事。

这件事决定了我的未来，就看我能不能做到了，不过无须等待太久，毕竟我的生活是以文学创作为核心的，不论好坏。至于生活里的其他种种，皆不是我最大的兴趣。当然，对于某些东西，我也很想得到，但对另外某些东西，我则毫无欲求。跟我打过交道或对我有所了解的人都表示理解，并希望我能拥有常人所拥有的情感（我是尊重这类情感的），如同希望我拥有金发碧眼。但我与他人无异，这不是坚持我爱好的最佳途径。最好能真的挖掘出"一个他人",他更适合被这样对待。

我很爱很爱你,奥菲莉娅,无论是你的气质还是个性。我要是结婚的话,娶的只会是你。我不确定婚姻与家庭(不管人们怎么称呼)是不是与我的精神生活相契合。我心有疑虑。眼下,我需要马上把我的精神生活与文学创作组织起来。倘若这件事无法达成,那我甚至不会选择结婚。我若是以此方式进行组织,那么结婚肯定会变成阻碍,而我也肯定会放弃结婚。当然,我相信现实不会如此。以后,我的意思是随后到来的日子,会做出答复。

这便是你想要的,而它恰恰是真实的。

就此搁笔,奥菲莉娅,好好睡觉,好好吃饭,不要减肥了。

你忠诚无比的

费尔南多

第十六封

1929 年 10 月 9 日

让人害怕的宝贝：

　　我爱你甜甜的信，也爱甜甜的你。你是糖果，是黄蜂，是蜂蜜，是蜜蜂的蜂蜜，而非黄蜂的蜂蜜，一切都刚刚好。宝贝，应该经常写信给我才对，即便在我没有执笔回信时，而那是常有的事。我现在很难过，几欲疯狂，我得不到任何人的喜爱，他们为何如此待我，而这刚好又是正确的，一如最初。我想我今日之内会打电话给你。我想吻你，想让喜欢做梦的吻不偏不倚地落在你唇上，我想把你的唇吃掉，不管那里面藏着你多么微小的吻，我想倚靠在你肩头，坠入你雏鸽子般的柔情蜜意。我想请求你的谅解，原谅我的虚伪，翻来覆去地伪装，直到一切重启。你为何会爱上一个坏家伙，一个着了魔的人,一个懒惰的胖子?煤气表一样的脸上所浮现的表情属于那个离开此处,跑去隔壁上厕所的人。快写到最后了,真的没法继续了,我已经失去理智。我常常如此,那是与生俱来的。我自打一出生就常说,我想让宝贝做我的玩具娃娃,那样一来我就能够像孩童似的把娃娃的衣服脱下。这一页已经占满了,看起来一个人很难做到,但事实上就是出自我一个人的手笔。

费尔南多

第十七封

1929年10月9日

蛮横的宝贝：

很抱歉打扰你。我脑海里那辆破旧马车的发条终究还是断了，咔嚓一声，我的心顿然消失，化作一阵哒——哒——呜——呜……

刚结束通话，我就开始写这封信，不过我还会打电话去的，只要它对你而言不是某种精神折磨。当然，它不会发生在任何时刻，只在我打去电话时。

你爱不爱我，因为我是我，或者我不是我？你烦不烦我，因为有我，或者没有我？还有其他什么吗？

这些字字句句与缄默的方式无不意味着朱鹭的前任，落败的朱鹭，死去的朱鹭，不幸的抑郁的失常的朱鹭，即将入驻精神病院，不管是特尔哈尔的，还是瑞哈佛勒斯的，都会因为他的光荣缺席而举办隆重的庆典。

我要特地去趟卡斯凯什——抵达黑尔的入海口，不过要携带好牙齿，首要的是脑袋，如此这般，朋友们，急板也有，再也不是朱鹭了。这种鸟的结局就是如此——把它奇怪可笑的脑袋碾碎在地里。

不过，倘若宝贝给朱鹭一个吻，那么它便能再多忍受一阵子这样的生活。对吧？发条断掉的声音又传来了，呜——呜——呜——呜——呜——呜——呜——呜——呜——呜——呜——呜，无休无止。

费尔南多

玛利娅·若泽送给安东尼奥的情书

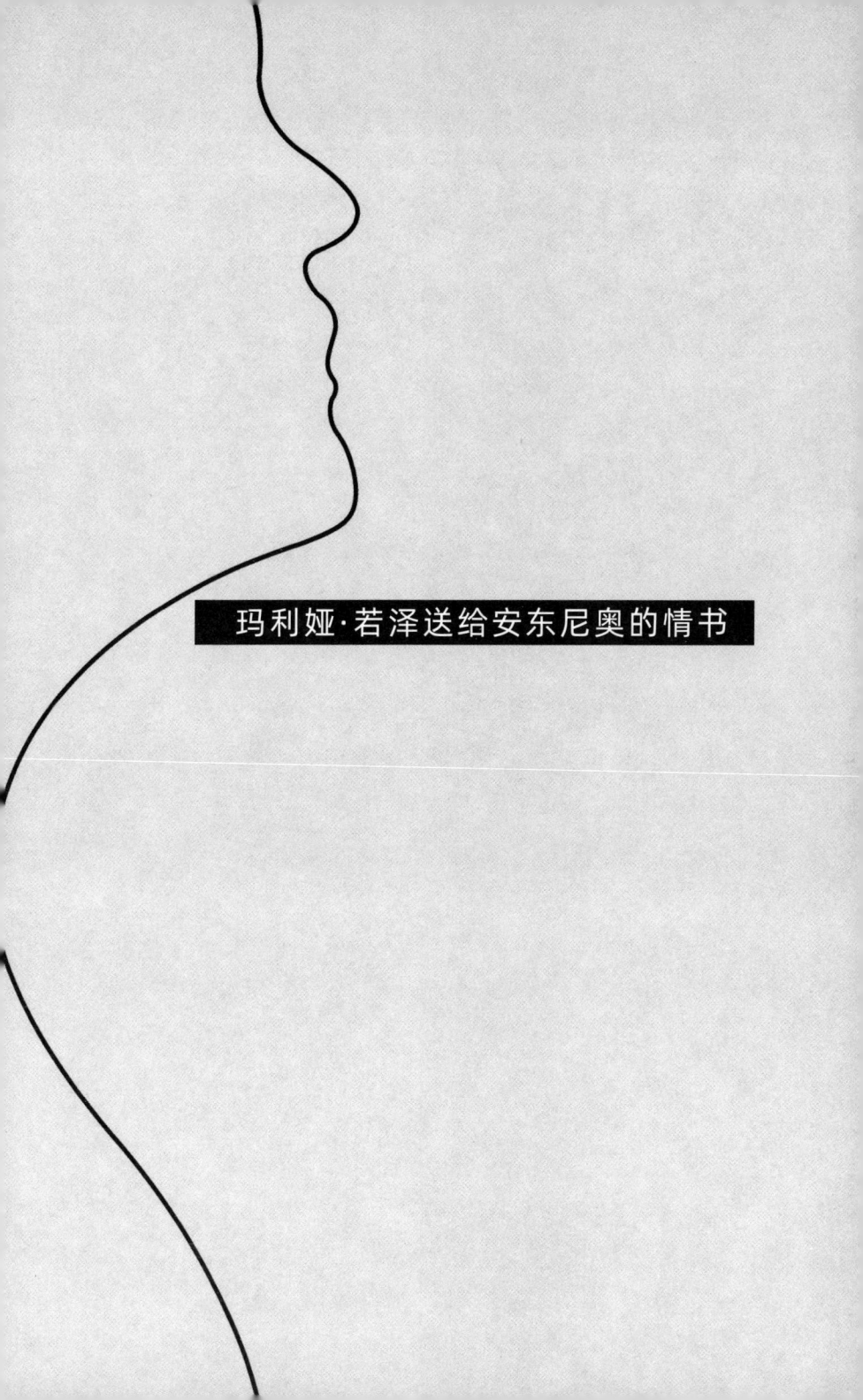

安东尼奥先生：

　　这封信原本永远不会出现在您眼前，而我也不打算写完后重新看上一遍，然而我患上了肺结核，大限将至，于是就想借这封信告诉您我心中所想，否则憋在心里实在太难受了。

　　您不认识我，我是说可能知道我的存在，但更可能不知道。您在去工厂的途中定然看到过我，我在窗口远远凝望，我知道您路过那里的时间，所以常常在窗口等候。那个住在一栋黄楼房二层的驼背女孩，您应该不会忘记但也不会在乎，可是您一直在我心里。我知道，您有个漂亮的女朋友，个头很高，金色的头发，蓝色的眼睛。我很羡慕，但不妒忌，毕竟我什么权利也没有，包括妒忌的权利。我喜欢您，只是因为喜欢您。我怨我自己不是别的模样，拥有别的身体和容貌，能够走上街头与您交流，即便我从您那里找不到这么做的理由，但我依然渴望与您结识并聊天。

除了您，我一无所有，如果说病恹恹的我还尚存些许生存的价值，那也是因为您。我深深地感激您，尽管您对此一无所知。我永远无法得到他人的爱，无法如那些风姿绰约的女子般被爱，然而我有权放弃被爱而独自去爱，同样的，我也有权哭泣，无异于任何人。

我希望在离开这个世界之前与您聊聊天，一次就好。然而我始终无法鼓起勇气，也不知该用什么方式。我很想让您知道，我真的很喜欢您，可又担心您在得知后一点也不在意。尽管不确定，但我知道事情定会如此，我难过极了，因而也不打算通过各种方式去确认。

我因为天生驼背而一直生活在人们的耻笑中。人们说驼背女人坏得很，但我不曾伤害过谁。另外，我生了重病，所以怎么会有精力冲旁人发火？十九岁的我完全不明白自己活这么久是为了什么。我生了病,但人们却因为我驼背而同情我,实际上,最令我痛苦的是我的心,而不是身体,不是驼背,毕竟驼背是不会痛的。

我无比渴望知道您与您女朋友是如何生活的,因为我永远无法经历——如今我的生命也已接近终结,所以与你们有关的一切,我都想知道。

对不起,我这个陌生人写得太多了,好在你不会看这封信,就算看了也不知道它就是给您的,而且无论如何也不会放在心上,只是我很想让您关注到一点,做一个只被母亲与姐妹爱着,只能在窗口虚度光阴的驼背是多悲哀啊!作为我的家人,母亲与姐妹自然是爱我的,更何况,面对一个骨头错位的人偶(如我这般的人偶,我听到过这样的说法),她们难免会给予一点爱。

某天清晨,当您前往工厂时,在正对我窗口的街道上,一只狗和一只猫打起架来,引得人们纷纷侧目,您也在拐角处的"大胡子曼努埃尔理发店"门口驻足观看,并突然看向了我，我笑了笑，您看到了也微微一笑。仅此一次，您与我单独相处的时光，可以说这种好事我从未想过。

您无法想象，我无数次憧憬着在您途经时这街道上能发生点什么，如此我便有机会再次见到停下脚步的您，再次被您看见，再次将您凝视，再次与您对视。

然而，我想要的，注定得不到。这就是我的命，生而既定，哪怕只是想看看窗外风景也得把脚垫起。我以母亲从旁人那里借来的画册和时尚杂志度日，但翻看的时候心中却另有所想，所以在被问及"那条裙子如何""那个与女王合影的人是谁"时，往往惭愧不语。在我眼中，那些图文书本很不真实，我拒绝让它们侵袭我的大脑，带来短暂的开心，又带来想哭的冲动。

后来，我得到了人们的谅解，他们只说我傻，不说我蠢，没人认为我蠢，而我也认为被谅解未必是件坏事，至少无须再为自己的心猿意马做解释。

我还记得，曾有一个周日，您照例路过，身着淡蓝色的上衣，不，不是淡蓝色，是哔叽布才会有的浅蓝，比普通的蓝浅了很多。这让您看起来美好得如同那日的天气。前所未有地，我在那天对一个个常人心生妒忌。当然，假如您约会的对象不是您女朋友，而是别的女孩，那么您女朋友就不会惹我妒忌，因为我念念不忘的是您而不是她。总之，我不明所以地妒忌世间每一个人，这就是事实。

我总是在窗口静坐，而驼背只是原因之一，还因为我患有类风湿，腿已很不利索了。实际上，我现在就是个走不了路的废人，是家里的负担，我深知家人们都在被迫忍让和接纳我，这种滋味您无法感同身受。我时而会颓丧至极，想翻过窗台做个了结，可落地之后会变成什么样子呢？会被那些看客们耻笑吧！况且，那么低矮的窗户，大概是摔不死的，如此一来就成了更大的麻烦。不难想象，我如同一只母猴子一样，光着一双腿躺在地上，驼背拱起衣衫甚至裸露在外，人们的目光充满怜悯与厌恶，大概还会有人笑出声来。人，向来如此，不会如他人所愿。

您行动自由,所以不可能懂得被忽视者的生活之重。我日日在窗口静坐,眺望着人群,人们交谈着,用各自的方式生活,而我则被遗忘,犹如窗台上的那盆花,花朵已凋零,只等被人搬走。

(……)

——我给你写了信却不寄出,该作何解释呢?

您相貌英俊,身体康健,因而无法想象那些拥有生命却苟且活着的人过的什么样的日子。这样的人能做的只是从报刊里探究他人的生活:有人成为部长,昂首挺胸地遍历世界;有人平常度日,结婚、受洗、生病,做手术从不换医生;有人四处购房置业,一会儿住这里,一会儿住那里;有人成了小偷,还有人控告小偷;有人违法犯罪,铸成大错,也有人拟定法律,签署条例;有人的名字出现在广告上和图片里,衣服不仅时尚而且都是从国外买回来的。凡此种种对于我这块抹布而言意味着什么,您哪里能想到呢!这块被放在窗台上的抹布,唯一的用途是擦拭窗台——花盆底部所留下的水渍，而水渍的存在又意味我的生活还不如窗台油漆明朗鲜活。

您在理解了这一切之后，或许会在路过时偶尔问候一下我，这也是我唯一的希冀与请求。您不知道，我没有多少时间了，死前想做的事屈指可数，而这就是其中一件。我若能偶尔见到您跟我打招呼，便能伴着一丝喜悦地离开了。

我听裁缝玛格丽达说，她曾与您交谈过，但觉得您很粗鄙，原因是您在街上公然出手挑逗她。这件事引起了我的妒忌之心，毫不掩饰地说我真的很妒忌她。我绝不会骗你，我就是妒忌，因为男人会对女人动手动脚，但我非男非女，在大家眼中什么都不是。我只是窗台周边的有生命的装饰物罢了，浑身上下里里外外都令人厌恶，救救我吧，上帝啊！

安东尼奥，就是那个在汽车修理厂工作的安东尼奥（他的名字与您相同，但人却截然不同！）曾告诉我父亲，每个人都该有工作有产出，否则就不该吃饭，无权活着，在这个世界上，没人拥有不劳而获的特权。这让我联想到，我生而为人却什么都做不了，只能躲在窗户后面注视着路过的健康的人们，他们与心爱的人携手同行，他们自由地生产着所需要的东西，只是因为喜欢。

安东尼奥先生，再见了。我就要离开这个世界，写这封信只为在心里将它珍藏，它会被看作您为我所写，而非我为您所作。我真诚地希望，您能拥有世间一切幸福，永不知晓我的存在，我不想被您笑话。我明白，我不应过多奢求。

爱您，以我整个灵魂与生命。

给您的信，就此搁笔了，我泣不成声。

玛丽娅·若泽

关于费尔南多·佩索阿

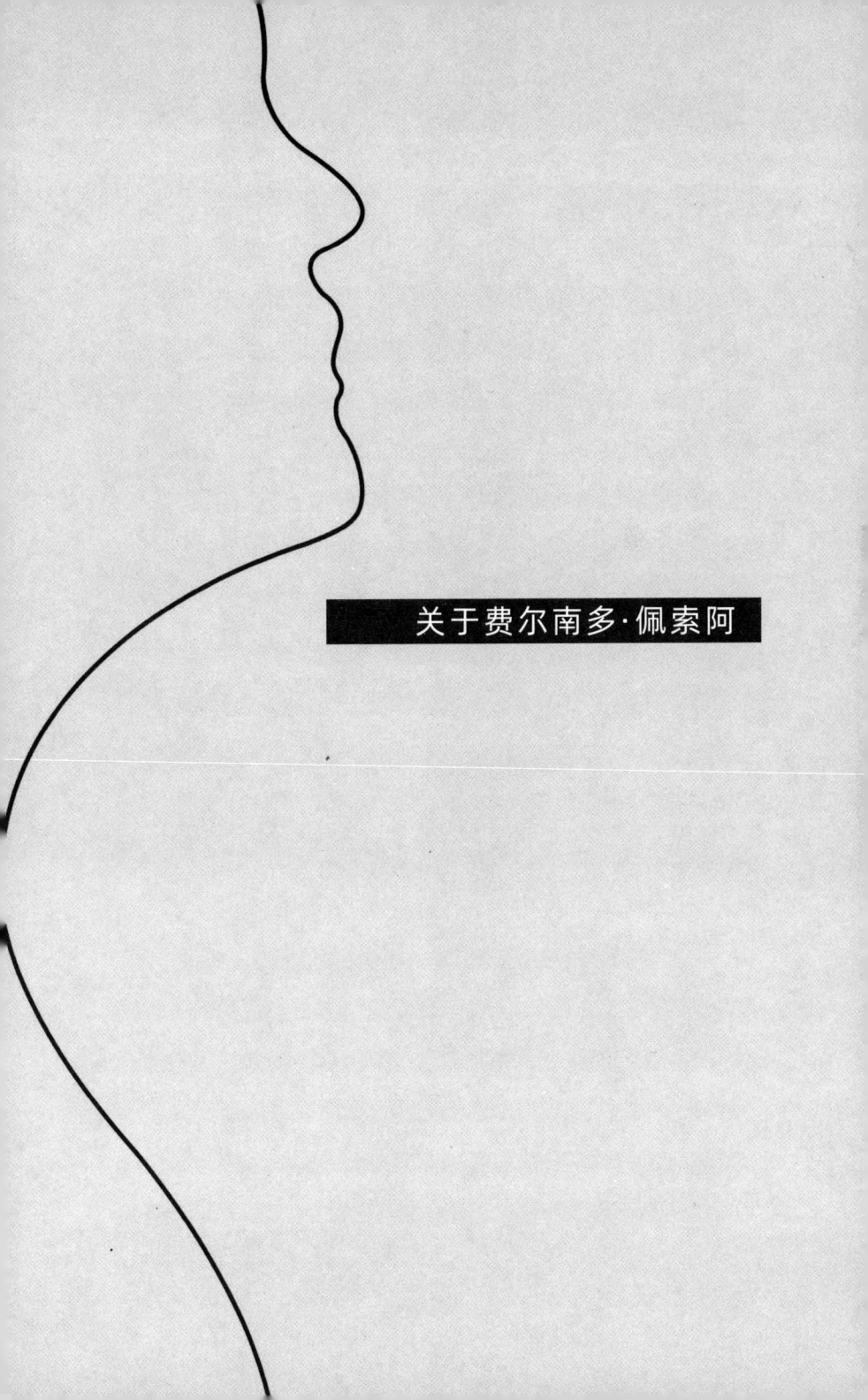

费尔南多·佩索阿
（1888—1935）

被誉为20世纪最伟大的葡语作家、诗人，葡萄牙后期象征主义的代表人物之一；被视为唯一可以与卡蒙斯比肩而立的诗人；为了纪念他，葡萄牙政府曾发行了以他头像为标志的钱币和纪念钞；

被评论家认为是"构筑整个西方文学的二十六位重要作家之一"和"二十世纪文学的先驱者"；文学评论家布鲁姆称，佩索阿与聂鲁达是最能代表20世纪的诗人。

在开普敦大学就读时，他的英语散文获得了维多利亚女王奖。他常去国立图书馆阅读古希腊和德国哲学家的著作，并且继续用英文阅读和写作，逝世于1935年11月29日。

费尔南多·佩索阿的一生

1888年6月13日,费尔南多·安东尼奥·诺格伊拉·佩索阿出生于葡萄牙里斯本。

1888年7月,受洗。

1893年7月13日,佩索阿的父亲因肺结核去世。由于经济困难,家里不得不典当部分财产。

1894年,佩索阿创造了自己的第一个艺名舍瓦利耶·德帕斯。

1895年7月,佩索阿写下自己的第一首诗《给我亲爱的妈妈》。

1896年1月,母亲再嫁,对象是葡萄牙驻南非德班领事,佩索阿与母亲一同前往德班。

1897年,在南非上小学,接受初级教育。

1899年,进入德班中学学习;创造艺名亚历山大·瑟茨。

1901年6月,通过学校第一次考试,开始尝试用英语写诗。

1901年8月，离开德班，回到葡萄牙里斯本。

1902年6月，全家返回里斯本。

1902年9月，返回南非，开始尝试用英语写小说。

1903年，参加大学入学试，英文作文一科得到最高分数。

1904年，结束在南非的学业。

1905年，参加开普敦大学入学试，英语散文获得了维多利亚女王奖；定居里斯本，与姨妈一起生活，继续用英语写诗。

1906年，考取里斯本大学文学院，攻读哲学、拉丁语和外交课程；母亲与继父回到里斯本，佩索阿搬去与他们同住。

1907年，家人再一次回到德班，佩索阿与外祖母同住。

1907年8月，外祖母逝世。

1908年，从里斯本大学文学院退学；开始为商行撰写英文信件。

1910年，开始用葡语、英语和法语写诗与散文。

1912年，开始发表文论，在葡萄牙知识界引起争论。

1913年，创作颇丰；创作静态剧《水手》。

1914年，创作出异名阿尔贝托·卡埃罗、里卡多·雷耶斯与阿尔瓦罗·德·坎波斯；创作组诗《牧羊人》，开始创作《不安之书》。

1915年3月，文学杂志《俄耳甫斯》第1期出版；"杀掉"异名阿尔贝托·卡埃罗。

1918年，佩索阿发表英文诗，《泰晤士报》做了详细报道。

1920年，结识奥菲莉娅·格罗什，

1920年10月，严重抑郁，一度想进入医院治疗；与奥菲莉娅·格罗什分手。

1921年，成立欧力西波出版社，准备出版英语诗集。

1924年，创办《雅典娜》杂志，佩索阿是主编之一。

1926年：与合伙人共同创办《商业与会计杂志》；为自己的发明申请专利。

1927年，与《在场》杂志合作。

1929年，与奥菲莉娅·格罗什重燃爱火。

1931年，与奥菲莉娅·格罗什再次分手。

根据目前的资料，佩索阿一生只谈过一次正式恋爱，对象是他的同事奥菲莉娅。

那年，奥菲莉娅19岁，通过招聘广告进入佩索阿任职的公司工作，32岁的佩索阿对她一见钟情，曾写下许多情书表明自己的情谊，奥菲莉娅也对佩索阿十分有好感，甚至把他作为结婚的对象带到父母面前。

但佩索阿却因此退缩了，他害怕婚姻带来的责任，害怕自己微薄的收入不能带给奥菲莉娅好的生活，两人因此分手。

1929年两人在街头偶遇，重燃爱火，但佩索阿依然抵制不住婚姻带来的恐惧与责任，一年后两人再次分手。

佩索阿的爱情是柏拉图式的，尽管佩索阿很喜欢奥菲莉娅，但他知道自己并不能给奥菲莉娅幸福，也无力承担婚后的花销，最后只能以分手收场。

1934年，出版《音讯》。

1935年11月29日，因肝硬化入院。当天他在纸条上写下了"我不知道明天会带来什么"，这是他留给世界的最后一句诗。

1935年11月30日,在医院病逝。

费尔南多·佩索阿的"异名者"宇宙

除了用本名进行创作外,佩索阿还使用了 72 个异名(也有研究称是一百多个)进行创作。

佩索阿的"异名"不同于普通的笔名。他不仅为异名者创造了身世,甚至还为他们创造了思想体系和写作风格,似乎确有其人,这在文学史是相当独特的。

佩索阿曾在 1935 年 1 月 13 日给阿道夫·卡斯伊斯·蒙特罗写信,信中谈及"异名"的来源,小时候,佩索阿就喜欢幻想周围有一个虚拟的世界,身边有一些虚拟的人物和朋友,这些人都有各自的姓名、身世、个性、行为,对佩索阿来说,他们都很真实。他们是佩索阿想象出来的、想要摆脱自我的一种"人工符号",是他者,而非佩索阿的自我。

这或许是因为佩索阿小时候过于孤独,才会虚构出这些"异名者",以陪伴、抚慰自己的心灵。

佩索阿的每个"异名者"都有不同的个性,其中最为著名的三个异名者是阿尔贝托·卡埃罗、里卡多·雷耶斯及阿尔瓦罗·德·坎波斯。

阿尔贝托·卡埃罗是一个农民,他自然、真实,不像学院派那样故作姿态;他语言简单,虽然所能使用的词汇有限,但依旧可以进行诗歌创作;他反对形而上学,是一个感官现实主义者,抗拒神秘和无病呻吟;他反对沉思;他主张倾听自然,亲近自然,与中国道家的"天人合一"不谋而合。

里卡多·雷耶斯是一个受过良好教育的有学识的人,职业是医生。他是一个古典主义者,也是一个君主主义者;他坚持捍卫政治和文学的传统价值;他的诗歌很讲究韵律、格式和用词;他的笔下经常出现希腊众神,但他并不信仰众神,他只信仰命运。

阿尔瓦罗·德·坎波斯被佩索阿称为"大师",他可能是最接近诗人真实内心和个性的"异名者"。他出生于葡萄牙南部的小镇,曾在苏格兰的首府求学,是一位海洋工程师,多数时间在船上或者陆地上的办公室读过,喜欢环游世界,尤其喜欢东方；中年时回到里斯本定居。

他早年受颓废象征主义影响，后来受到未来主义影响，有大量歌颂机器和城市的诗作，再后来，他又变成彻底的虚无主义者，对现实世界充满绝望和不安。

除了这些异名者，佩索阿还有一个本名的"自我"，是他真正的性格，体现的他自己对真理、存在及个性等深层哲学的思考。

大概可以这样概括他的异名世界：

卡埃罗是恒星太阳，雷耶斯、坎波斯和佩索阿或者其他的异名者是固定轨道上的行星。其中雷耶斯相信形式，坎波斯注重感受，佩索阿喜欢象征。而卡埃罗，他什么都不相信，也什么都不在乎，他只是客观的存在。

图书在版编目（CIP）数据

你微笑着梦游，我专注地梦你 /（葡）费尔南多·佩索阿著；徐慧译. -- 海口：南方出版社，2024．7．
ISBN 978-7-5501-9127-3

Ⅰ．I552.25

中国国家版本馆 CIP 数据核字第 2024EU1412 号

你微笑着梦游，我专注地梦你
NI WEIXIAO ZHE MENGYOU, WO ZHUANZHU DE MENGNI

（葡） 费尔南多·佩索阿 著
徐慧 译

责任编辑：	冯慧瑜
出版发行：	南方出版社
社　　址：	海南省海口市和平大道 70 号
邮政编码：	570208
电　　话：	（0898）66160822
传　　真：	（0898）66160830
印　　刷：	三河市九洲财鑫印刷有限公司
开　　本：	787×1092 1/32
印　　张：	8.5
字　　数：	170 千字
版　　次：	2024 年 8 月第 1 版
印　　次：	2024 年 8 月第 1 次印刷
定　　价：	68.00 元